우리의 야생 소녀
윤진화 시집

문학동네시인선 012 윤진화

우리의 야생 소녀

시인의 말

누군가
이 시집을
볕 좋은 곳에 묻어주세요.

꼭 나처럼,

윤진화

차례

2부 살점 없는 달

4부 끈질긴 봄

1부
혀 없는 물고기

천수관음(千手觀音)

1.
시장 좌판에서 배 보이며 누운 암게들을 본다
배딱지가 황금 알로 누렇다
황금색 옷을 입은 천수관음 무희들처럼
팔을 벌리고 세로로 촘촘히 진열돼 있다

2.
눈먼 여자가 그물을 손질할 때, 아얏!
똑바로 하라고 손끝을 물던 집게 달린 손
내 정신줄에 엉켜 이마에 숨겨둔
빛나는 눈을 꺼낸다

3.
술을 마시고야 고작
눈을 부릅떴던 분노의 새벽길
나를 보고 달려오던 어머니의
벌린 팔이 삼십육 개였다가
구십구 개였다가, 백팔 개였다가,
이윽고 천수(千手)가 되어 부둥켜안았다
희디흰 눈알이 눈발이 되어 부딪쳤다

4.
어머니의 어머니.

그 어머니의 어머니,
또 그 어머니의 어머니의 까마득한 그 어머니가,
일제히 팔 벌리고 나를 붙들었다
경계 없고 한갓지다

초경(初經)

　　검은 숲에서 북소리 들려온다 짐승의 정강이뼈를 들고 북
치는 봉두난발 소녀가 나온다 벗겨 말린 털로 버찌 같은 젖
꼭지 가리고 솜털 솟은 아랫도리 숨겼다 소녀의 목에는 송
곳니로 엮은 목걸이 걸려 있다 머리 위로 초생달이 떠 있
다 날카로운 발톱을 가진 매 한 마리, 설화 가득 핀 나뭇가
지의 잔설(殘雪) 떨구며 날아오른다 멀리 별똥별이 밤공기
를 세차게 가른다 소녀가 달을 꺾어 손에 쥔다 둥 두둥 붉
은 달이 떠오른다 유년의 숲속에선 사라진 달을 찾는 장작
불이 타오른다 밤하늘을 숨죽이며 날고 있는 매가 머리 위
에서 춤춘다 허공에서 휘이익, 한 바퀴 돌던 달이 날개를 펼
친 매 대가리에 꽂힌다 깃털이 소녀의 머리 위로 내려앉는
다 숲속 마을까지 비릿한 사냥꾼의 냄새가 술렁인다 허리춤
에 사냥한 매를 단단히 꿰는 소녀, 매의 피가 소녀의 가랑
이를 타고 흐른다

불면증

첫사랑이 내 품에서 뛰쳐나갔어 밤이었어 깜깜한 밤 거룩한 밤 시계는 열두 시로 가고 큰바늘은 작은바늘을 덮쳤어 온종일 큰바늘은 작은바늘과의 정사를 기다렸을 거야 작은바늘은 오븐 속에 드러누운 사과파이를 기억해야 했어 녹는다는 것과 겹친다는 것은 같아 사과파이를 보면 알 수 있어 밤이 왔어 사과파이를 먹는 밤 내 몸을 먹는 밤 큰바늘이 작은바늘을 덮칠 때 울리는 열두 번의 비명 열세 번이 울리면 추억들이 찾아오지 추억은 언제나 단정하게 두 손을 모으고 내게 공손히 인사를 해 아치형 창문 너머 멀리서 의미와 의미의 간극에서 눈썰매를 타고 한 소녀가 지나가지 소녀의 이름은 청춘이야 청춘은 어느 처마 밑에서 비를 맞고 있는 첫사랑을 쓰다듬고 있지 강간당한 작은바늘아, 피 흘리는 사과파이야 내가 있는 이 집에서는 따뜻한 차가 끓고 있는데 비에 젖은 몸을 감쌀 수 있는 두터운 모포가 있는데 내 위대한 사랑이 청춘의 품에서 녹고 있어 나는 알지 그들은 다시 오지 않아 열세 번의 비명은 수없이 찾아오지만, 기다리는 모든 것들은 언제나 건너편 처마 밑에서 자기들끼리 끌어안고 오돌오돌 떨지 어디서도 노래는 들려오지 않고, 나는 한밤에도 눈부시게 늙어가지

모녀의 저녁 식사

배추김치, 파김치, 상추겉절이, 오이소박이, 어머니……
어머니, 우리 집 식탁에는 온통 풀뿐이네요
우리의 저녁 식사는 말들이 좋아하겠어요
보세요? 하얀 접시 위에 그려진 말이 우리보다 먼저
우리의 저녁 식탁에 와 있잖아요 그래요 거기요 가만히,
아이처럼 귀를 기울이면
어디선가 또다른 말이 들길을 지나 마을 건너
가난한 우리 식탁으로 달려와요 들리세요?
주인을 버리고 달려오는 말 울음소리요
저기 먼 곳에서는
젖가슴 하나 달린 여자들이
안장도 없는 말을 타고
드넓은 대지를 흔들며 산다던데. 히잉! 어머니
주홍빛 하늘이 몰려와 대지를 덮으면
동그랗게 몸을 웅크린 여자들이
말갈기 같은 머리카락을 휘날리며
우리 식탁을 향해 자신의 말들을 찾아
고단한 하루치 태양을 쉬게 하고 달려와요
히잉! 어머니
당신이 좋아하는 딸기 아이스크림이 녹을 때처럼
하늘이 물들어갈 때, 그녀들이 달려와요
가슴 하나를 도려낸 그녀들이, 자꾸만 자꾸만
초대받은 손님처럼 달려와요

어머니, 유방암에 걸린
아마존의 여왕, 히폴리테여
듣고 계신가요?
전사들이
우리의 밀림으로 몰려오는 소리
그 침묵의 소리들이요
……히잉! 어머니

훔친 사과

아버지,
아, 파, 아파가 아빠로 들려
아버지 몸져누운 방에서
새파랗게 날 선 칼을 든다.
투명한 과일이 열린다.
아버지 눈가의 과일을 훔쳐
손안에 쥐고 서걱서걱
멋없이 깎아
아버지 모르게 먹는다.
베어문 사과,
시력을 잃은 눈동자가 씹힌다.

초야(初夜)
─호랑이

　나는 호랑이다. 아가리를 벌리면 백두산 호랑이 냄새─아버지의 냄새가 난다. 두근대는 설산의 심장에서 아버지가 부르는 서푼짜리 타향살이가 흘러내린다. 뼈와 근육의 매듭 단단한 사냥꾼이 축축한 혀로, 떠도는 네 박자 음표를 핥는다. 벌어진 내 몸에서 아버지가 꼬리를 흔들며 어슬렁 나간다. 나이 든 아버지의 근육이 산등성이를 맴도는 운무처럼 뒤척인다. 질긴 바람이 인다. 사냥꾼의 총구가 아버지를 겨냥한다. 힘이 빠진 아버지는 뒷걸음친다. 예전에도 그랬고 앞으로도 그러하듯 세찬 계곡을 따라 아버지가 사라진다. 숨겨둔 샘터에 고개를 박고 목을 축이는 사냥꾼. 나무 뒤에서 송곳니를 날카롭게 세우는 나, 사냥꾼의 등을 올라탄다. 그의 등뼈를 훑어오르다 아가리를 벌리고 이빨을 쑤셔박는다. 성난 내 머리를 붙잡고 바위를 향해 무두질을 하듯 추켜올렸다 내리치는 사냥꾼. 한번 물면 놓지 않는다. 내 아버지는 호랑이다. ─사냥꾼의 너덜해진 살점에서 붉은 피가 솟아난다. 피를 할짝할짝 핥으며 살점을 씹는다. 몸속 가득히 들어온다. 오지의 산맥을 뛰어다니던 젊은 사내가 들어온다.

초야(初夜)
—전갈

　나는 굴곡진 갈고리를 달고, 활처럼 휘어진 낚싯바늘을 달고. 바람을 낚는 조사(釣師)의 손끝에서 깊은 땅에 던져진—거칠 것 없는 성격, 활동적이고 야생적인 아시안 자이언트 블루 전갈이다. 당신이 한가로이 숨을 쉬거나 벤치에 앉아 담배연기를 내뱉을 때 내가 아무렇지도 않게 조용히 낚싯줄 드리우듯 꼬리를 내리며 당신에게 다가가도 놀라지 마라. 내가 술자리나 예기치 못한 곳에서 당신을 향해 독을 쏘아댈 때 당신은 나를 밟거나 가래침을 뱉으며 지나치지 마라. 당신의 몸에 내 꼬리를 잠시 박아두고 싶을 뿐이다. 오랫동안 정착하지 못할 빛이 어둠을 갉아먹는 방에서, 시시각각 당신의 눈빛에 의해 변하는 몸. 내 푸른 몸. 내 짙은 몸. 깊이를 알 수 없는 내 검은 몸. 그 몸을 끌고 서서히 문지방을 넘어 고개 돌려 당신을 떠나더라도 붙잡지 마라. 굽은 갈고리에 당신의 목을 꿰어 살고 싶지만 내 스스로 당신을 죽이지 못할 것 알기에 간다. 나는, 내 독은, 내 사랑은 당신을 죽일 만큼 강하지 못하다. 당신이 뒤척이는 것을 멈춘 한참 후에야 나는 비로소 바닥에 배를 깔고 엎드린다. 아무렇지도 않게 모래알 같은 사람과 사람 사이의 틈을 기어간다. 당신의 살점이 붙은 꼬리가 천형(天刑)처럼 내 머리를 향해 점점 굽는다.

시인이란 이름의 여자

꽃이 떠난 자리에 아이가 하나씩 달렸다
아이 하나 잡아먹은 여자
밤에 나무를 스치는 바람 소리는
단조로만 흔들리고
가장 높은 나무 가지에 매달린 아이는
계절이 바뀌어도 다시 오지 않는다

아무도 몰래,

입안에 접어둔
피아노 건반

그 위로
춤추는 날 선 칼

두 개의 꿈

참외

어머니의 꿈속에서 나는 참외다. 동그랗게 부풀어 터질 것 같은 참외다. 인적 없는 산속, 집 잃은 청년에게 목덜미 잡힌 참외다. 그를 따라 기다란 날개 숨기고 길 찾아헤매다 혼자 사는 여인의 집에 여장 푼 참외다. 야심한 밤 그녀의 발칙한 입술 위를 구르다 부푼 젖무덤 위로 날개 펼친 참외다. 한입 베어 물면 아삭, 울음 내는 참외다. 나는 사십구 일 동안 구천 떠돌며 우는, 소리 잃은 노란 새다.

어머니

그녀는 날 갖고 시인을 꿈꾸기도 하였다는데, 착한 사람을 꿈꾸기도 하였다는데…… 그녀의 뱃속 떠나서 나는 참외도 착한 사람도 아무것도 아니다. 태몽을 펼치고 다시 들어오라 손 흔드는 어머니. 외로운 것은 죽기보다 싫어요, 나는 뒤돌아서 도망쳤다. 어느 잠 못 드는 시인이 내 목덜미를 잡아 그녀의 꿈속으로 구겨넣었다. 다시 외롭고…… 배고프다.

꽃뱀

어머니의 꿈속에서 나는 뱀이다. 비자나무가 있는 절, 장난 많은 동자승의 눈을 피해 달아나다 우물에 빠진 뱀이다. 메마른 우물가 목마른 청년에게 살며시 교태 부리는 뱀이다. 청년을 따라 대가리가 큰 꽃망울이 그려진 접시를 몰래

혀로 핥아먹는 뱀이다. 어느 선 고운 새색시 치마 자락에 수
놓아진 꽃을 핥다 그녀의 빈 꽃대 깊은 곳으로 냉큼 들어
가 앉은 뱀이다. 나는 백칠 개의 그녀를 먹고 자란 백팔번
째의 그녀다.

생활의 발견

1. 불

아르테미스의 달이 하늘을 찢고 떠 있다 무지개 밑에 보물 항아리가 있을 거라고 침대 머리에서 알려주던 이들이여, 나 오늘 지평선 아래 일곱 색의 뿌리를 찾아 항아리를 열어보았네 항아리의 이름은 판도라 내 발아래 밑둥이 잘린 나무가 있었지 주인을 되찾아주오 제우스가 찾아와 이 불을 빼앗기 전에,

2. 물

바다로 가지못한 물고기를 침대머리 맡에 두었어요
사실을 말하자면 내시계의 시분초침 모양 물고기들
매아침 나를향해 바다가자 바다가자 하고 꼬릴쳐요
8시엔 온가족이 식탁위에 둘러앉아 밥을 먹거든요
모두들 소리없이 아침식사 안거르고 모여 뻐끔뻐끔
말없는 시계속의 시분초침 물고기들 처럼 뻐끔뻐끔
매아침 엄마아빠 제각제각 순서대로 외출 하거든요
8시엔 온가족이 불만없이 하루두번 함께 식사해요
8시엔 시계속의 물고기들 하루두번 바다 꿈을꿔요

3. 바람

하늘색 남방에 붉은 꽃 자줏빛 바지를 입은 아이를 만나게 되거든—아이는 손가락에 오래된 반지를 끼고 있으며 유난히 밝은 별을 찾아 길을 떠났다. 1970년대 순정 만화 속, 주

인공들의 눈에서 별을 오려내어 주머니 속에 가득 넣어 다니고 겨드랑이에는 커다란 책을 끼고 있다. 바람을 타고 다니니 쳐놓은 그물을 걷고, 초가 녹는 저녁 식사에 초대하라.

어느 날 바나나를 벗기는데

어느 날 바나나 껍질 벗기는데 가느다란 혀를 내민 뱀 한 마리가 실눈 뜨고 바라본다면

어떻게 바나나 속으로 들어갔을까

안타깝게도 자신의 야생적이고 치명적인 독을 저주하며 싱그러운 바나나와 사랑에 빠진, 채식주의 뱀?

아니지, 우리가 모르는 독사 세계의 규칙적인 법률, 혹은 성문화되지 않은 법률을 어겨 추방당한 뱀?

언젠가는 그 바나나 속에서의 탈출을 꿈꾸며 알 수 없는 그들만의 범죄에 대해 좀더 구체적인 행위와 실천에 대해서 모색하고 있었다면

바나나 껍질을 조심히 벗겼는데도 그 흔한 뱀 한 마리 발견되지 않는다면,
그것이 어떤 반응도 보이지 않는 당신 탓이라고 주장한다면

어느 날 바나나 껍질 벗기는데 뱀 한 마리, 윙크하며 나를 바라본다면,

어떻게 바나나 속으로 들어갔을까   —

거미

끈질긴 시간이 흘러요 바람은 고개를 기울인 채 흩날리고 서른세 개의 낮과 서른세 개의 밤은 디딤돌을 놓았네요 건너야 할 시간은 저만치서 모락모락 열꽃을 피워올리는데 몽울몽울 핀 저 검은 꽃들 모가지를 뎅겅 자르면 거기. 죽음은 만개한 것이라서 그 죽음이 끝나면 다른 생이 온다지요 나는 아직 서른세 개의 낮과 밤밖에 수를 놓지 못했는데 시계 속 뾰족한 바늘이 내 나이를 찌르면 시계추는 사분의 사 박자 음악처럼 흘러가요 흰 모시 위에 돋을무늬를 새기듯 내 이름 석 자 박아두고 싶은데 늙어가는 시간에 등 굽은 노인이 되고 싶은데, 디뎌야 할 단단한 나이는 위태롭게 흔들려요 거기. 건너야 할 고약한 시간에 몇 개의 디딤돌을 더 놓아야만 나는 이 강을 다 수놓았노라, 청매화 꽃잎 띄운 술잔을 다음 사람에게 건넬 수 있을까요 지금은 그저 내 이름을 말아올린 시간 쫓아가기도 버거운데 말이죠 나는 주변의 꽃도 보아야 하고 나무도 보아야 하고 청솔모와도 놀아야 하는데 더딘 시간을 수놓는 저 햇살, 움켜쥔 이를 찾아 두리번거리려요 거기.

아뿔사! 허방에 빠진 내 꼴을 보고 농담 한 줄 길게 늘어뜨린 저 시계추, 지금 거기 당신도 보고 있는 거죠?

육포

현재라는 이름의 건달이 달려든다
내 늑골을 향해 주먹질을 한다
훅, 하고 어둠이 밀려나온다
그가 바람이 부는 방향으로 시간을 곤추세운다
아무런 대가 없이 받은 시간이 내 몸속으로 밀려들어온다
세월을 가르고 간, 쓸개, 허파 모두 긁어낸다
우둔한 과거도 휩쓸려 내 몸에서 떨어져나간다
그가 질긴 인연 담은 혈관을 도려낸다
한 번쯤 뒤돌아보게 했던 후회란 기름을 제거한다
나는 살점으로 남아 웃는다
얇게 저민 웃음을 훌쩍거리며 묻는다
당신에게 씹힌다는 것?
니코틴 낀 송곳니에 찍힌다는 것
날름거리는 혀에 말려 둔탁한 두 어금니에 맞물려 눌린
다는 것
　―내게 뼈 없는 삶을 허락했다는 것
　　나를 볕 좋은 바위에 펼쳐 말린다는 것
　　시를 쓴다는 것은,

그러나 내 시는
살점에 남아 있는 그 조금의 힘줄이라는 것

음계(陰界)

달의 솔라(SOLAR)

바다의 파도

흙의 도시

겨울의 문장

바람의 결계

죽음의 레미(lemme)

　(붉은 포도주를 흰 소금과 섞어 밀고자와 나눠 마시는 기분으로, 이 도시를 연주하는 수수께끼 풀고 있어요. 한 박자씩 걸음이 늦춰질 때마다 나는 내 그림자를 독자에게 조금씩 나눠주어야 했지요.) **이제 불쌍하고 초라한 시인을 이야기할 시간—연인들은 서로 깨물기를 즐깁니다. 사과란 처음부터 상대방의 꼬리를 누가 먼저 잡는가에 대한 문제였습니다. 청순한 사과가 세 번 버려지고 세 번 죽고 세 번을 사는 동안 어느새 패종 시계추로 변합니다. 아직도 부사로만 사과를 기억하는가요?** (시계추가 빛의 계단을 오르며 태양으로 변해요. 변주에 능한 태양은 이쪽과 저쪽을 비춘다고 증언했어요. 그렇지만, 그를 등진 자의 앞에는 여전히 축축하고 차가운 도시가 존재하죠. 시인의 계절은 춥고, 조금 춥고, 조금 더 춥고, 아주 추운 시간을 견딜 뿐이에요. 나리는 눈이 문자로 읽히는 겨울이란 말이죠.) **수수께끼는 풀리지 않고, 첫날밤 목을 맨 신부의**

브래지어는 풀립니다. 사 차선 도로에 널브러진 깡통은 과적차량
에 눌려 언 강을 건넙니다. 그늘의 정답은 '내게서 잊힌 지 오래'입
니다. 사과는 처음부터 없었습니다. 그러니 시인도 사라졌습니다.

허공에 그물을 걸지 않은 이유
—현정과 진영에게

전환점에 선 달,
목구멍에서 실 뽑아올리는 거미,
단단히 매듭짓는 달빛,
천천히 상여 끌고 나오는 상한 물고기 지느러미,

비, 곡을 낸다.

곡예사 되어 제 몸 그넷줄 마냥 흔드는 거미,
꿈틀대다 이내 잠잠해진 발가락,
마사지하듯 툭툭 거미의 심장 때리는 빗방울,

지구는 잠시 커다란 수족관.

장마라고 했지만 장마가 아닌 이유,
너무 많은 거미, 빗속에 잃는다.
상한 물고기, 물을 만나도 비늘 잃기 때문이다.

빗소리, 읽는다.
상여꾼, 망자 깨우듯
네게선 언제나 방울 소리 들린다.

2부

살점 없는 달

히말라야 시다 구함

봉제공장 박 사장이 팔십만 원 떼먹고 도망을 안 가부런냐, 축 늘어진 나무맹키로 가로수 지나다 이걸 안 봤냐, 히말라야믄 외국이닝께 돈도 술차니 더 줄 거시다. 안 그냐 여그 봐라 아야 여그 봐야, 시방 가로수 잎사구에 히말라야 시다 구함이라고 써 인냐, 니는 여즉도 흐느적거리는 시 나부랭이나 긁적이고 인냐, 그라지 말고 양희은의 여성시대에 글 보내봐야, 그라믄 대하꾜 사 년 대학원 이 년 글 쓴다고 독허게 징했으니께 곧장 뽑힐 거시다, 거그는 김치냉장고도 준다니께, 그나저나 아야 여그 전화 좀 걸어봐야, 누가 시다 자리 구했음 어쩌냐. 히말라야도 조응께 돈만 많이 주믄 갈란다, 아따 가시내 전화 좀 해봐야, 포둣이 구해온 거시랑께, 여그여 여그, 볼펜 놔두고, 그려

사라지는 마을

맹인 여자를 만났다. 수돗가에서 콧노래 부르며 빨래를 하고 있었다. —바다에는 짙은 슬픔이 모여 산대. 짙은 슬픔들이 모여서 어두운 마을을 만든대. 그 마을에는 진실한 어둠을 아는 사람들만 모여 살 거래. 나도 곧 떠날 거야.

여자는 생리가 묻은 시뻘건 팬티를 얼음물에 빨고 또 빨았다. 핏물은 빠질 줄 몰랐다. —이봐! 피가 다 안 빠졌어…… 당신 옆에는 살 오른 쥐가 당신의 가련한 어둠을 갉아먹고 있어.

여자가 하얀 눈알을 내 쪽으로 돌렸다. 새하얀 눈알과 빨간 피를 가진 여자. —하얀 눈알이 바라보는 세상, 저 여자의 세상. 손끝으로 피를 읽는 여자가 되고 싶었다.

여자의 짙은 어둠을 찬양하는 노래가 수돗가를 떠나고 있었다. 피 묻은 팬티를 들고 수치심을 들고 당당히 사라지는 저 여자. —검은 눈알이 보는 세상. 내 눈이 보는 세상. 제기랄, 이라는 언어(言漁)를 바다로 먼저 흘려보냈다.

잃어버린 여자에게

널 생각하면 버려진 항구
쓸쓸하게 회 뜨는 젊은 여자의 손

반쯤 감긴 눈, 잘려나간 지느러미
살점 없는 여자는 맛없어,
널 버린 사내의 저주받은 입맛
저기 바다 아니, 여기서는 숨 쉬기 편한 곳
아기 주머니 같은 태양이 바닷속으로 떨어진 그 끝

안으로 밀려드는 파도에
수신자 없는 편지를 띄우던 너
미안하다, 미안하다 조문 가듯 찾아간 바다
태양 하나를 떨어뜨린 널 생각하면

새끼 밴 검은 개,
모래사장으로 밀려오는 파도를 핥은 그날
네 얼굴을 비추던 기차 창문, 순식간에 늙은 여자
사형장의 올가미 같은 둥근 손잡이,
어떻게든 견뎌보려고 꼭 붙들고 있는 사형수처럼

감형되지 못할 죄, 버려진 배의 선주
네 빈 배를 쓰다듬지 못한,
잘라버렸어야 할 내 더러운 손

21세기 마녀 되는 법

옆집 사내가 쓰레기봉투 버리듯 계집을 던진다. 복도에선 옆집 가계(家系)—계집의 머리채를 잡는 나이 많아 보이는 여자, 맷돌 같은 시멘트 바닥에서 계집을 돌린다. 짓이겨지는 계집. 조금 젊어 보이는 여자가 빗자루로 계집을 후려친다. 우리 집안으로 스며들어 숨을 곳을 찾는 계집의 피 섞인 소리—잘못했어요, 어머니. 잘못했어요, 애기씨. 자진모리가 구성지다. 계집의 잘못이란 사내의 숨겨둔 여자를 만나 헤어져달라, 하소연한 일이란 것을 아는 나, 감시창 달린 현관문을 연다. 나와 눈이 마주친 계집, 살풋 벌어진 옷섶을 가린다. —13층 아파트 난간에서 튕겨나간 계집, 두둥실 검은 하늘을 난다. 노란 보름달에 걸린 계집. 보습학원에서 돌아온 옆집 꼬마가 112에 전화를 한다. 우리 아파트에 마녀가 살아요. 우리 엄마가 마녀였어요. 그 찰나! 잘못했어요, 라는 주문이 틀렸는지 이내 땅으로 곤두박질하는 마녀와 빗자루.

일식

중대부속 용산병원 길 건너
24시간 편의점이 있어요
나는, 깡통으로 포장된
백도(白道), 황도(黃道)를 보며
달이 지금 어디쯤 가고 있나를 생각하고
그 속에 들어가 진줏빛 코로나를 마시지요
카운터의 소형 텔레비전에서는
흑백영화가 한창이에요
영화 속 십자가를 짊어진 사내는
가파른 언덕을 오르고 있어요
통유리 너머 보이는 공사장, 일일 잡역부도
월계관 수건을 머리에 두른 채
아슬한 구조물을 타고 있어요
그 위에는 태양이
위태롭게 매달려 있어요 태양이
두 사내의 팔뚝에 솟아오른 전선을 따라
그들을 붉게, 붉게, 물들여요
편의점 문짝이 바람에 꺼덕이는 동안
아버지의 위급을 알리는
남동생의 목소리도 전선을 타고 물들어가요
24시간 편의점 불빛을 보며
맥주가 피식, 피식, 김빠진 웃음을 지어요
깡통 속에서 부풀어오르는 달을 봐요

유통기한을 훨씬 넘겨버린 차가운 달
가야 할 길을 잃어버린 저 달을 들어
고열에 시달리는 태양을 조심히 가려봐요

시인의 아침

시인은 아침 일찍 일어나 누군가에게 보낼 엽서를 고른다
거리에는 그의 이웃들이 노란 현기증을 느끼며
분분하는 갈색 잎사귀들 사이로
고흐의 떨어진 귀 같은 수많은 은행잎을 쓸고 있다
푸른 하늘과 흰 구름, 네덜란드의 튤립 꽃밭보다 먼 곳
에서

먼 곳에 사는 투우사는 황소의 귀를 잘라 사랑하는 이에
게 보냈다
반송된 우편물에는 먼 나라의 소인이 찍혀 있었다
붉은 입술의 여인은 혹시 생 레미 언덕에 간 것일까
그 연인을 투우사 앞에 데려다줄 친절한 손은 누구일까
노랗게 불타는 해바라기가 참을성 없이 방 안을 넘어본다

똑똑똑, 귀가 잘린 투우사가 시인의 아침을 방문한다
여기 나의 귀가 있습니까
당신의 귀라면 저기 어두운 거리,
한구석에서 연기를 내며 타고 있습니다
나는 지금 당신의 귀를 그대로 둬라,
항의하는 엽서를 쓰고 있습니다만

수많은 귀가 열리고, 사라지는 아침이다
시인은 엽서를 쓰지만

귀는 거리의 나무에 열린다
또 한 명의 투우사가 그의 창문을 두드린다

원을 자르는 달 여인*

지금도 기억해요 별이 강을 따라 흐르는 마을
죽은 호두나무가 있는 그 집
봉선화가 마당 가득 피어 있는,
개 눈 박은 여자와 똑 닮은 입에서
간질, 간질, 함박꽃 쏟아내는 마술을 하던 소녀의 집
까만 하늘에 보름달이 뜨던 날 소녀의 집에 갔어요

소녀 대신 여자가 빗장을 풀어 나를 초대했지요
머리 위 개 눈 같은 허연 달이 그녀와 함께
꽃씨 주머니를 톡톡 터뜨리며 마당 곳곳을 누볐어요
모든 꽃들의 출산이 끝났을 때
그녀가 내 붕알을 스치듯 건드렸어요
붕알이 갈라지며 호두나무가 쑥쑥 잎을 밀어내며 자랐거든요

여자가 소녀를 위해 흰 꽃을 딴다며 나무를 타고 올라갔
거든요
점점 멀어져가던 달,
저편으로 사라진 장님 여자와
보이지 않는 소녀의 웃음소리 들렸잖아요
내 이불에서 마술처럼 여물지 않은 호두알 냄새 났잖아요
둥근 붕알을, 짙은 구름이 면도날처럼 가르던 밤

* 잭슨 폴록의 그림.

동백꽃

　오필리아가 간다 육자배기 가락 시끄러운 막걸리 집에서 젊은 시인과 잔 치던 목 쉰 년이 간다 칼춤 추던 사내에게 두들겨 맞은 뺨 벌그레한 년이 간다 멍든 젖가슴 부끄러운지 모르고 자꾸 열어 보여주던 년이 간다 칼등에 날 세워 자른 듯 제 목숨 달린 모가지 툭. 깨끗이 저버린 독한 년, 땅에 고꾸라져서야 툭. 외마디 뱉어내는 질긴 년, 冬·冬 발 구르며 붙잡는 생을 새빨간 거짓말이라고, 꽃잎 벌려 웃으며 간다 노란 중심 발기한 몹쓸 년들이 저기, 저어기,

　……시끄러워라, 동백.

기차

내 까만 머리카락을 타고 기차가 떠나요. 열이 오른 휘슬 주전자처럼 휘파람을 불며 달리는 기차. 지구에서 이름 없는 별까지 달리는 기차. 사실, 목적지도 없어요. 이름 없는 별까지, 라고 아무렇게나 읊조린 걸 사과할게요.

편도뿐인 이 기차에 어떤 노인이 먼저 타고 있었죠. 텅텅 빈 열차, 좌석에 앉지 않고 좁은 통로에 서 있던 노인은 화석처럼 굳었죠. 하지만 그가 담배를 질겅 씹어댈 때마다 비싼 엽궐련 향이 나서 좋았어요. 그의 등에는 업을 이어 만든 통발이 업혀 있었어요.

그 안에는 꼬리를 퍼덕이는 인어 한 마리. 여편네라는 인어는 수천 년이나 늙지 않았대요. 사람을 홀리는 눈과 목소리를 내었죠. '다시는 내리지 못하리, 누구도 내리지 못하리, 귀를 막고 눈을 막고 입을 막고……'

나는 시집살이를 견디는 여자처럼 다른 곳에 시선을 주어야 했어요. 기차가 인동 넝쿨 꽃잎이 흐르는 곳에 닿았을 때, 인어의 노래가 창을 타고 뱀처럼 넘어갈 때, 차창 밖으로 보이는 나무. 소용돌이치는 물속으로 머리카락을 늘어뜨린 한 그루 물푸레나무.

노인은 그 나무를 '이그드라실'이라 했어요. 이그드라실,

044

이그드라실, 우주의 나무, 이그드라실…… 영겁을 벗은 나무의 속살은 모든 업의 끝이라 했죠. 노인이 굳은 다리를 움직였어요. 안쪽에서 잠긴 문을 열고 기차 밖으로 인어를 내던졌어요.

자장이 없는 시간을 휘젓는 인어의 노래가 고약하게 풍겼어요. 나도 모르게 따라 부른 노래 '안녕? 안녕! 몇 번을 꿈꾸어도 변하지 않을 사람. 이젠 안녕……' 내 다리에는 조금씩 비늘이 돋아요, 빈 통발을 든 노인은 웃으며 다가서구요.

아무런 고통 없이 손에 넣은,
누구도 주체하지 못하는 낯선 시간을 달려가는 기차.
여기서 그만 내리고 싶어요. 하지만 안녕…… 짧은 기적을 울리며,
잠시 안녕!

앞집 할매 타령

 내, 앞집 할매 때문에 속상해 죽겠소. 앞집 할매, 입 걸기가 찢어 죽일 년, 잡년 수준을 떠나 할매가 욕쟁이 여왕이여. 혈혈단신이어도 제 아구딱 허천나게 산해진미를 시장바구니에 넣어 다니고 십 원 한 푼 없겠재 슬쩍 고쟁이 속 들춰보면 만 원짜리 배춧잎이 어서 절여주오 살아 있는 게 苦요, 한물간 조개 냄새 맡는 건 痛이라. 어스름해지면 돈 번답시고 가방을 손에 턱 들고 나가는디, 서울역에서 술 반, 담배 반이 된 사내들 붙잡고 양동 계집년하고 놀다 가라는 거, 지가 다 보았다 이야기 안 혔소. 얼마 전 그 할매랑 한판 붙었는디 이자부터 그 이야기를 할 것이요, 어이 거그 물 좀 주소, 한 잔 마시고 시작해야겠소.

 할매네 요크셔테리우스인지 요크셔테러리스트인지 하는 개눔의 자슥이 우리 집 앞 담장에 똥 싸지르고 오줌 싼 것은 암씨랑도 안 하믄서 나가 할매집 지나치다 자목련 나무 밑둥에 가래침 뱉은 건 잘 보이요? 반지하 살믄서 그 낭구 똥구녁만 보고 살아서 천지간 구분도 몬하나보네, 지가 거그다 침을 뱉은 거이 그리 잘못혔소 아이 안그러요. 할매. —똥구녁? 아나 똥구녁이다 니 ×년은 오늘 나한테 ×년해야 쓰겠다, ×놈허고 붙어먹을 ×년, 니년은 ×였은 게 ×여. 안 그냐 이 ×년아. —어허, 할매요, 할매를 키운 건 팔할이 욕이요? 그라지 마시써요. 아, 이라고 말을 뱉는디,

동네 아줌씨들이 오늘처럼 버글버글 몰려와서 처녀가 참아, 처녀가 참아, 천군만마가 필요치 않아 혀가 풀리는 것이었소 목련이 꽃도 모다 떨어져 잎도 모다 떨어져 낼모레, 낼모레 허고 옆에서 편들어줄 자슥도 없으니 할매도 참 딱하시오. 했더니만 갑자기 이 할매가 내 목을 부여잡는 것이여, 할매 눈에서 번갯불이 번쩍번쩍! 눈물이 그렁그렁! 포도알처럼 달리더니 톰슨 기관단총처럼 툭 투두두두두두두, 연사하는구나. —오매 이 싸난 년 보소 나이 스물 살고 자목련 꽃마냥 뻘건 핏덩이 낳아 죽이고 큰아들 불알 여물기도 전에 미국 놈 폭격에 죽이고 전장통에 남편이라고 있는 곱사등이 피범벅 만들어 죽인 년이여, 다른 가시내들 꽃 피워 벌나비가 발정난 수캐처럼 드나들 때 나는야, 꽃잎 모다 떨어뜨리고, 퍼렇게 멍든 이파리 흔들며 살았씨야. 완 딸라, 완 딸라, 완 나잇 스탠드 완 딸라, 이 사람 죽일 년아. 니가 내 몸뚱이에 끈끈하고 더러운 가래 뱉었응께, 어여 닦고 가. 어여!

주위를 둘러보니 천군만마는 날개 달고 하늘로 올라가버렸는지 안 보여불더란 말이요. 머쓱해진 나가 자목년, 아니 자목련을 호스로 물 뿜어 깨끗하게 닦아줬단 말이써. 그란디 그 할매가 나한티다 간만에 목간해서 좋다고, 일하는 양동 골목골목을 그려주더란 말이오. 술 한잔허자는데, 가자니 그렇고 안 가자니 그렇고. 이 속타는 나를 뒤로허고, 늙은 자목련 한 그루가 저벅저벅 밤을 팔러 가더란 말이써. 허

— 어잇차!

푸른 연못

이곳에 닿는 햇살은 하늘부터 시작된 시침질 같아요
한 땀 한 땀 내려와 수를 놓아가는 빛살
물푸레나무 스쳐 가슴께 지나고 있는
빛의 걸음 따라 나는 연못을 바라봅니다

손 내밀면 일그러지는, 이 여자 울고 있네요
물속으로 떨어지는 빛줄기에 아픈 건 아닐까
바늘귀를 대는 햇빛에 다친 건 아닐까
지금, 여자의 얼굴 위로 물푸레 잎이 떠가고 있어요
날카로운 한낮을 순항하는 구름 따라 떠가고 있어요

수면은 물푸레 잎을 떠받들고
빛은 물을 통과해 그들을 꿰매는,
조용하지만 따가운 오후
푸른 연못 위의 한 여자

멸종

카바이드 불빛이 오월의 끝자락처럼 암내를 펄럭이지. **남대문 포장마차 밖으로 삼색 고양이 한 마리, 질주한 날이니까.**

당신은 내게 번잡스런 파리의 우울과 닮았다, 나는 섬멸하는 야경이 당신을 닮았다, 깔깔! 서로에게 어울리지 않는 이국의 직유를 꾸역꾸역 안주처럼 밀어넣었지. **새벽이 호랑이처럼, 깔깔!** 항문에서 돋아난 심술궂은 뿔로 내기나 할까. **당신의 뿔 부러진 것을 이제야 봤네, 깔깔!**

영업 끝난 지하철 사호선의 맹인, 젓가락 장단 맞춰 차차차 들려오잖아. **청첩장 구기는 예뻐쥬얼리 박캄아!** 금 간 소주잔에 외면, 수치, 암묵적 동의, 끊긴 기억을 담아 돌려 마시면서……

(언젠가는 항우울제 복용하는 파리에 갈 거라고 믿었어) **슬픔을 묻어두고 다 함께 차차차!*** 고양이 한 마리가 호랑이 한 마리 되는 날, 당신이랑 몸이나 섞을까봐 깔깔. **박캄아, 마음 단디 먹고 깔깔!** 새벽시장을 달리는 구루마도 깔깔. **(당신, 나 버리니까 잘 살겠지)** 과거의 우리들 울음도, 카바이드 불빛도 모두 모여 깔깔. **근심을 털어놓고 다 함께 차차차!**

첫사랑이 금수장 여관 불빛 따라 장렬하게 꺼지지. **환멸이 어두운 지구 밖으로 빨려올라가지.**

실연

어느 역 앞 광장에 엎어져 아스팔트에 귀를 기울였어요. 몸 낮추고 뜨거운 귀로 담금질을 해보지요. 아스팔트는 누군가 자신에게 몸을 맡길 때, 그가 스스로 일어서기 전까지 묵언수행을 하지요. 검은 아스팔트 밑으로 수많은 이별이 흐르고, 그 이별이 가끔, 어느 광장에서 큰 소리를 내며 흘러가요. 그래도 근거 있는 냉정과 자비를 베풀기에 충분하지요. 우리는 한마디 말보다 풍경이 더 깊게 박히는 족속 아닌가요.

5월의 태풍,

10월의 혁명,

그리고 눈동자부터 얼어가는 이별이란 아스팔트가 만든 풍경들과 잘 어울리거든요. 알잖아요? 모르는 척 마세요. 그가 없는 풍경 속에서 연인들은 함께 있어요. 등을 보이지 않아요.

과거의 프레임 속에선 행위들이 반복돼요. 높이 올라가기도 하고, 깊게 내려가기도 하죠. 지금은 멈춰 있어요. 아우라가 서서히 피어오르지요. 제목은 버림받은 연인, 혹은 죽지 못하는 연인. 사랑하는 것들은 모두 어둠 속에서 울잖아요. 사랑을 잃으면 아스팔트 바닥에 버림받고 쓰러져 웃기도 해요. 나처럼,

살아야 한다.

살아야 한다.

어떻게든.

외치는 아스팔트의 차가운 몸을 더듬어요. 불멸을 기다릴
거예요. 어떤 이는 이 계절과 친하기 위해서 여자를 찾아야
한다고 했어요. 하지만 나는 이 아스팔트와 친해져야 한다
고 믿어요. 그래서 나는 버림받아도 좋았어요.

굿바이, 곱창전골

선술집 곱창전골에서는 수은등과 날치알이 날아다닙니다. 수은에 중독된 등빛은 야시시한 눈으로 노려봅니다. 날치알은 바다이야기 게임에 빠져 태평양으로 갈 생각을 못합니다. 당신은 깜박깜박 음을 이탈하더니 가게 앞 전봇대 아래서 사분음표, 팔분음표 부걱부걱 게워냅니다.

술집 돌담이 당신에게 어깨를 빌려주는 것은 낯선 풍경입니다. 웨이터 철이가 빨강 웃음, 파랑 웃음, 찢어진 웃음을 김—치로 묶은 명함 찰칵, 던지고 갑니다. 메텔과 함께 여행을 떠났던 그가 은하철도999에서 내려 성인 나이트에 취직한 것은 꽤 오래된 이야기입니다. 발길 떼기 두려운 당신은 다시 곱창전골에 들어가 비틀거리는 노래를 부릅니다.

피터팬이 네버랜드에서 주워온 후크 선장의 오른쪽 눈알을 팁처럼 입속에 넣어줍니다. 훔쳐온 팅커벨의 날개옷은 감정가 이상으로 내다팔 수 있었지만, 감정협회장의 학력 위조 때문에 골치 아파졌습니다. 이후로 피터팬은 눈깔사탕을 팔아 근근이 연명하고 삽니다.

곱창전골에서는 마녀가 싸구려 츄잉껌을 비싸게 팔아도 군말 없이 삽니다. 볼이 미어터지도록 껌 씹다가 풍선을 불면 날아갈 듯합니다만 그것은 아주 꼬꼬마 시절의 묘사입니다. 당신은 날기엔 너무 커버렸거나 귀찮습니다.

곱창전골에서 흘러간 트로트를 듣는 당신이 수은등에 비칩니다. 마녀의 손 안에서 빛나던 주화 몇 푼처럼 짱그랑 짱그랑, 유쾌하고도 위험한 당신. '무엇으로 하실래요?'라는 마녀의 주문에도 당신의 미래는 수은등에 떠오르지 않습니다. 오색빛 반짝이는 그 골목이 갖고 놀던 당신을, 당신은 영영 보이지 않습니다.

아줌마를 위하여

　배추를 사서 김치를 담그자. 칼을 긋고 벌린다. 은밀한 속살에서 원시림의 향기가 살아 다른 몸으로 전이된다. 이 참을 수 없는 원죄를 꼭 붙들라, 누군가 성호를 긋고 있다. 배추를 벌리고 소금을 넣으며 떠올리는 야릇한 경계, 신을 모방하는 손길. 대개 배추는 속부터 간이 들어야 제 맛이다. 신은 내 머리를 벌리고 밀어넣는다. 채 썬 무, 엇비슷한 키를 가진 갓을 섞어 밀어넣는다. 대개 본연의 형태를 저버린 것들이지만 그것들이 속을 더 꽉 채운다. 그래, 그렇다 치자. 사내인 당신이 나를 가르고 내 속을 채우던 날을 기억하자. 짜디짠 눈물과 젓갈을 버무려 넣는다. 그 속에 매운 고추, 파, 다진 마늘을 넣는 것은 기본이다. 그것은 신도 알고 나도 안다. 가끔은 달콤한 과일을 넣는다. 혀를 속인다. 몸을 속인다. 익어가는 모든 것들은 맛있다. 알맞게 간이 밴 내 몸과 또다른 배추를 찾으러 시장을 기웃하는 신처럼, 우린 맛있게 익을 권리와 의무가 있는 김치를 담근다.

3부
사냥꾼의 밤

고양이는 고양이일 뿐

그 아파트에서 묵은 오줌 냄새가 흐르고, 고양이의 노란 눈알이 떽떼구르르 굴러나왔어요. 털을 바짝 세운 물어라는 이름의 고양이가 자기 눈알을 찾는 울음소리 들려왔죠. 물어는 눈알이 없는 눈을 가진 고양이라서, 만나는 사람들에게 니야옹, 눈알이 어디로 사라졌는지 물어, 보았지만요.

버려진 발목을 주워 담고 있는 박씨 아저씨도, 썩은 양파랑 독 오른 감자 껍질을 까고 있는 길선생도, 어쩔 수 없는 노릇이라 모두들 물어만 바라보았어요. 물어는 다행히도 꼬리가 잘리지 않은 고양이라서, 제 꼬리에게 물었죠? 내 눈알을 찾고 싶구나, 니야옹.

아현동 재건축 시민 아파트에 사는 고양이 물어는 계단에 오줌을 지리기도 했어요, 빗자루에게 맞기도 했지요. 언젠가는 제 눈알이 자기를 찾아올 거라고 생각했지요. 그때까지만 참자. 그래서 물어는 아현동 시민 아파트를 떠날 수 없었어요. 내 눈알 내놔, 니야옹.

니야옹. 박씨 아저씨도 길선생도 이삿짐을 싣고 사라진 재건축 아파트에서 눈알을 기다리는 고양이 물어. 물지도 못하면서 이름만 물어인 노란 줄무늬에 하얀 양말 신은 고양이. 울음소리 하나는 끝내주게 섹시한 고양이.

흔하디흔한 별 볼일 없는 고양이의 눈알을 찾아주세요. 흔하디흔한 고양이의 눈알은 거세한 양심(良心)이니까요. 이제는 들춰보지 않는 낡은 동화(童畵)니까요.

좌절

재계약 불가 통지서 들고 공원을 서성인다. 바로 옆, 희망을 먹여주던 회사 건물. 담쟁이 넝쿨이 암벽등반을 한다. 젖은 은행 잎이 닫힌 창문을 향해 한 잎 두 잎 부딪친다. 며칠 전에 나린 눈이 창틀에 머물고 있다. 금방 어디론가 사라질 눈.

키스하다 들켜 쭈뼛댄다, 교복에 붙은 이름표도 떼지 않은 남학생들. 미끄럼틀 뒤로 간만에 비친 빛이 강추위에 꺾인다. 모든 길의 끝은 바다다. 그 바다로 녀석들이 손을 잡고 들어간다. 걷고 있는 내 발을 본다. 내놓은 손과 감춘 발. 금방 어디론가 사라질 눈.

너무 뜨거워서 몸이 녹는 곳. 그곳에서는 녹았으면 좋겠어. 내 팔, 내 다리가 녹아 변한 커다란 지느러미 흔들며 지류를 더듬어. 흐르는 사람들, 흐르는 차들, 흐르는 노래들, 흐르는 냄새들, 흐르는 목소리들, 흐르는 계절들이 내 몸을 스쳐가, 난 괜찮아, 난 눈이 없어, 눈을 모르는 물고기야.

양말 벗고 발가락을 편다. 발가락을 유심히 본다. 이건 변하지 않을 내 것에 대한, 굳건한 권리에 대한 거짓말—이 세상 모든 것들에게 주장할 수 없는 가련한 소유권. 내 목소리, 내 숨, 내 피, 내 것일 수 없는 역설, 언 땅으로 스미는 눈, 녹는다.

독수리의 사냥 십계명

1. 구름 위에 걸터앉지 말라.
조울증이 쉽게 전염된다.

2. 해와 달 가까이 날아가지 말라.
외로운 것들을 건들면 더 외로워진다.

3. 바람에게 안부를 묻지 말라.
정착하지 못할수록 그것에 간절하다.

4. 비와 눈을 조심하라.
어느 때, 갑자기 돌변해서 뒤통수를 적실지 모른다.

5. 특히 시인과 아이들을 조심하라.
순수할수록 망설이는 시간 내내 고통스럽다.

6. 가급적 무리 지어 다니지 말라.
당(黨)을 지으면 비린 소문과 먹이 때문에 다투게 된다.

7. 가난하고 외롭고 높게* 지내는 것을 부끄러워 말라.
시간과 공간이 나를 위해 열린다.

8. 나무에 기대어 배워라.
한자리에서 꼼짝 않고 있는데도, 먹이를 찾는다.

9. 사냥감의 목을 단번에 물어뜯어라.
냉정은 서로의 과거를 묻지 않는다.

10. 사냥한 곳을 다시 기웃거리지 말라.
후회가 기다렸다는 듯 웃는다. 그러면 죽는 수가 있다.

* 백석, 「흰 바람벽이 있어」에서.

저 골목이 수상하다

후암동 재건축 추진위원회 플래카드가 수배전단처럼 펄럭인다
명랑이발소가 저 골목에서 살해되어
뼛조각으로 발견된 지 며칠 안 되어 생긴 일이다
하얀 깃발 펄럭이던 칠십 먹은 선녀보살 굿판도 예수천당 불신지옥도
벽에 아무렇게나 그어댄 소변금지도 저 골목에서 살해됐다
그 옆집 푸른미용실도 마찬가지다
일제시대 총독부 딸의 다다미 집은 주인이 떠난 뒤
그 자리에서 뜨내기들을 받느라 온몸이 만신창이가 됐다
살이 녹은 해골처럼 창문들마다
휑한 바람, 피리 소리를 냈다
고관대작을 모셨던 평수 넓은 빨간 벽돌집도 마찬가지
터줏대감인 입시학원 뒤, 목조주택이 말했다
—우리도 명랑이발소처럼 언젠가 철골을 드러낼 것이다
이제 이곳도 자본이라는 범죄가 뒤늦게 흐르는 것이다
터줏대감은 접근금지, 붕괴위험이라는 폴리스 라인에 둘러싸여 있었다
저쪽 끝에서, 포클레인이 내린 일종의 가택연금이다
낯선 건물들이 이리저리 세워지고 재건축 플래카드는 찢겨 나부낀다
건물 속살 깊이 새겨둔 뼈들이 드러난다
현장 검식반이 몰아쳐 다른 골목으로 뛰어간다

저 골목이 수상하다
범인을 알고도 잡지 못한다
심증과 물증 모두 완벽한 범인이
이 골목 저 골목으로 신출귀몰한다
백주대낮에도 밖으로 나가기 두렵다

가나안 0km

젖과 꿀이 흐르는 아버지의 땅, 가나안을 두드립니다
어머니는 오늘도 걷기에 지친 이들을 위해
지하주차장에서 우슬초로 문설주 닦듯 세차를 합니다
그들은 가나안을 알지 못하는 사람들이에요
라고 말해도 들리지 않나봅니다
가끔 아주 가끔은
도둑고양이가 되어 밤마다 허름한 집 지붕에 올라가
가나안, 가나안 하고 울어도 봅니다
그 집 사람들이 가끔 따라 울어주기도 합니다
그러나 이제부터 누구의 집 지붕에서
우는 것 따위는 멈추렵니다
말라붙은 젖을 빨기엔 나는 너무 커버렸습니다
빌딩이 만든 거대한 숲
저 깊은 지하 동굴에서 어머니와 함께
가나안을 모르는 사람들의 차, 닦아줍니다
내 혀는 한 번도 먹어보지 못한 꿀을 알지 못합니다
가나안, 가나안―아버지?
오늘도 가나안을 모르는 사람들의 자동차에
일일세차가능이라고 적힌 명함을 꽂아주며
그들을 위해 축복하고 그들과 함께 들어갈,
젖과 꿀이 흐르는 땅, 아버지가 약속한
그 가나안을 향해 문안드립니다

사과는 맛있다

볕 좋은 자리, 긴 의자에 팔 걸치고 앉는다
옷소매에 사과를 벅벅 문지른다
입을 크게 벌린다. 날달걀 먹듯 앞니로 노크한다
나를 받아주겠니?
사과가 몸을 연다
사각 사각, 턱관절을 크게 움직여 씹는다
맛있는 사과를
세상에서 나 다음으로 불편한 사람에게 건넨다
우린 볕 좋은 자리, 긴 의자에 나란히 앉는다
실컷 광합성을 하는 내 푸른 심장
하늘을 본다
붉은 사과 한 알이 깨끗한 구름 뒤에 숨는다
하나님 사과는 다 맛있어요, 그렇죠?
주머니 속
또다른 사과가 의미심장하게 익어간다
상생문(相生門)이 열린다

뒤엉킨 오후

혼자 사는 치매노인의 집 앞을 지나다
창문 너머로 그가 사는 시간을 훔쳐보다

노란 파스텔 벽 배부른 모기 윙윙거리며 돌아가는 금성
냉장고 바닥에 바싹 야윈 걸레 향해 흐르는 성에 녹는 소리
박자 맞추는 고개 뒤틀린 수도꼭지 뚝, 또옥, 사십 년 전 결
혼기념일에 산 사슴 그려진 괘종시계 안에서 없어진 큰바늘
흥얼흥얼 담배연기 사라지면 보이는 싸구려 기름 먹어 누렇
게 뜬 켄터키 치킨 봉투 밀려나오는 수도세, 전기세, 전화
세 납부 독촉장 김치 주러 온다던 젊은 통장 사흘 전부터 해
외관광 전단지 뒹구는 바닥 밑에 번쩍이는 큰바늘 들어 시
계태엽장치 거꾸로 돌리는 갈매기 되어 날아다니는 주름 노
인 시선—정지된 액자 속 불끈불끈 팔뚝 닻 모양 문신 마도
로스 사내 주머니 속 동전 몇 개와 부딪히며 착각, 착각, 지
포라이터 뚜껑 열었다 닫았다 사내 입으로 타들어가는 담배
끝 바라보는 정오의 태양 개펄 묻은 낡은 운동화 거친 숨소
리 구멍 뚫린 속옷 입은 소년 코딱지 엄마 몰래 입속으로 넣
었다 뺐다 소년의 발등 깨무는 집게 발가락 세운 붉은 게 반
짝이는 물빛 위로 튕기는 소년의 비명 착각, 여섯 토막으로
갈라진 격자형 창으로 실려들어가는 옆집 혼자 사는 새댁
갓난아이 짜증 난 울음 착각, 착, 각, 착, 각, 착, 각, 착, 각,

시간을 되돌리는 노인과 메트로놈처럼 정확하게 박자 맞추
는, 시계추 흔들리는 12시 32분.

나는 누구인가

나는 지금 전자오락 1942를 한다. 돈틀리스 폭격기가 서울에서 1942년 하와이 북서쪽 미드웨이 해전으로 데려간다. 폭격이 시작될 때 어렴풋이 들려오는 군홧발 소리,

나는 지금 미국의 폭격기에 몸을 싣고 있다. 히루호 갑판은 급강하하는 폭탄을 넙죽 받아먹는다. 낮게 선행하는 나는, 붉게 트림하는 배를 보며 낮설게 웃는다.

연기구름에 휩싸여 앞이 보이지 않는다. 모든 것들이 폭죽처럼 하늘 위로 올라 섬멸한다. 죽여야 산다, 죽여야 산다, 주문 외며 폭격을 하다 미드웨이 바다로 추락한다.

그러나, 나는 죽지 않는 무적 자본주의 함대—세기가 바뀌어도 나는 불사조 군단—전자 오락기 앞에 쌓아놓은 몇 푼의 돈 만지작거린다.

독수리 깃발을 박은 백 원짜리 폭격기가 죽더라도 다시 살아나리, 쓰러지지 않으리. 히죽히죽.

맘모스

황량한 해를 등진 옛 맘모스 백화점 앞
구걸하는 사람의 손에 낯익은 뼈 피리 들려 있다
그 소리 깔리면 상앗빛 건물에 달려드는 홍등
수천 개의 횃불 밝힌 도시 한가운데
맘모스가 거대한 몸을 세우고 있다
살 길을 찾아 떠나오고 떠나가는 이들에게
노래하는 빙하기의 시절
주머니 뒤져 오래된 친구와, 떨고 있는 꽃을
안주 삼아, 목구멍 속으로 소주를 털어넣었다
그곳에서 다시 만나자
돌처럼 딱딱해진 이빨 부딪치며 소원해진 시간을 셈했다
코 닳은 구둣발로 살얼음 지치다 이빨이 부러진,
맘모스를 껴안고 토하는 친구의 등 두드려주며
우리가 아직도 신생대에 머무르고 있음을 깨달았다
머나먼 처음에도 그의 등 두드리며
마른 풀 없는 거리를
상아 피리 불던 늙은 사냥꾼을 피해 달아나다
어느 매섭던 날 얼음 속에 갇혀 예까지 흘러왔던 것이다
두터운 얼음을 깨고 뛰쳐나올 맘모스 바라보며
지나온 전생을
붉은 털 날리던 그 시절을 기억해내었다

분노

육중한 무게의 분노가 헐떡인다
조금만 더 가면 저 분노를 낚아챌 수 있다
분노가 운동화 끈을 더 단단히 동여맨다
출발선에서 나와 함께 출발했던 분노,
언제부터인가 나보다 먼저
앞서간다
유유자적 신문을 꺼내 읽는다
　　—재개발지역 철거민 참사, 연쇄살인범 강호순,
　　주한미군 만취 상태 방화, 장애인 쇠사슬 감금
　　……

또박또박 큰 소리다
나이보다 커져가는 붙잡고 싶은 저 분노,
뒤돌아서 웃는 야멸친 분노
비워둔 수신함에 쌓이는 스팸 메일만큼이나
지워버리고 싶은 분노가
다시 뛴다
속도를 낸다
분노가 내 손에 잡힐 듯 말 듯,
가까이 다가가 놈의 목을 감싸 넘어뜨린다
허방에서 뒹굴다 진흙이 묻은 분노,
고개를 서서히 꺾는다
분노가 입가의 피를 쓰윽 훔치더니
내 목을 짓누른다, 속삭인다

—이제 그만 쉬고 싶다,
　나도 저 뒤에서 남들처럼 살고 싶다
분노의 눈물이 내 몸을 적신다

혹은 샌프란시스코에서는 꽃을

늦은 비가 마중 온 버스 정류장에서
엉킨 머리에 꽃을 꽂은 여자 보았지
이쪽과 저쪽을 이어주는 횡단보도 옆에서
노래하는 여자가 위태로워 보였어
땅바닥에 무릎 세우고 앉아 우는 여자의
혀를 빠져나온 노래가
홍알홍알 배기가스와 뒤섞여 안개에 휩싸였어

꽃처럼 뻔뻔스러운 여자가 또 있을까
커다란 성기를 머리 꼭대기에 매단 저것들
샌프란시스코로 가자, 노래처럼
친절한 이들을 하나둘 불러보았어
흰 사다리를 타고 사라진 이들에게 묻는 안부처럼,
깜박 깜박

감출 줄 알아야 감칠맛 나는 여자가 되는 거야
지나치던 누군가 여자의 꽃을 건드렸어
그 바람에 여자의 노래가
혀 밑으로 교각을 감추며 사라졌지만,
어느 누구도 횡단보도에 올라타지 않았지
신호등 밑에서 오래도록 여자의 노래를 기다렸어

치부를 드러내고 싶은 순간이 누구에게나 있잖아

누군가에게 정직한 사랑을 거절당했을 때,
숨겨둔 믿음이 안전선 밖으로 튕겨나갈 때처럼
―여자의 노래가 슬며시 교각을 다시 세웠어
샌프란시스코에 가면 모두 머리에 꽃을 꽂으세요*
그녀의 머리 위로 우산들 알록달록 꽃밭을 이뤘어

* 스콧 매켄지, 〈샌프란시스코〉에서.

다시, 다시

다시면으로 전남도청 통지서가 시끄럽게 스며들었습니다. 자라풀을 가로수로 심을 것이므로, 황조롱이 대신 떡붕어가 날아다닐 것이므로, 귀 뒤에 아가미가 있거나 의심이 가는 사람을 제외하고는 마을을 떠나라고 했습니다. 모두 떠나고 남편 잡아먹은 함평댁만 남는다 하였습니다. 앵도나무 살던 우리 집도 함평댁이 지켜줄 거라니 아랫배가 간지러웠습니다.

복사꽃내가 초경처럼 알싸하게 흩날릴 무렵 물속 마을 살던 사람들 이야기가 전해올 때마다 욕쟁이 아짐이 복숭아앵도 모다 따 먹고 거짓말 하지 않을까, 자라처럼 목을 빼고물속 마을 쪽으로 몸을 세웠습니다. 손가락 사이사이 감춰둔 물갈퀴가 가려워 자주 긁었습니다. 그저께 오일장에서, 떠났던 마을 사람들이 하나둘 모였습니다. 잠겨버린 뒷산묘지 어디쯤, 함평댁이 희끗한 머리카락을 지느러미처럼 흔들며 떠다닌다는 것입니다.

모래처럼 모여 있으나 함께이지 못한 사람들은 그 이야기를 마지막으로 두런두런 사막으로 걸어들어갔습니다. 다시, 다시 함평댁이 커다란 물고기 되어 찾아온 밤. 소식 없는 이장님은 메기가, 점방 경선이 엄마는 고동, 마을 사람들은 이름 모를 물고기가 되어 있었습니다. 모두들 물속 옛집을 머리에 이고서 헤엄쳤습니다.

소주

누군가의 말처럼 실패한 혁명의 맛에 동의한다
타오르는 청춘의 맛도 꺼다오
우리의 체온을 넘을 때까지
우리는 혁명을 혁명으로 첨잔하며
동트는 골목길을 후비며
절망과 청춘을 토해내지 않았던가
거세된 욕망을 찾던 저, 개 봐라
우리는 욕망에 욕망을 나누며
뜨거운 입김으로 서로를 핥지 않았던가
삶이 이리 비틀, 저리 비틀거리더라도
집으로 가는 길은 명징하게 찾을 수 있다
혁명과 소주는
고통스러운 희열을 주는,
잔인하게 천진한 동화와 같다
기억하고 싶지 않은 오욕을
죄 없는 망명자처럼 물고 떠돈다
누군가의 말처럼 다시는 도전하지 말 것에 동의한다
누군가의 말처럼 망각할 것에 동의한다
그러나 소주의 불문율이란
투명하고 서사적인 체험기이므로
뒤란으로 사라지지 않는다는 것이다
첫, 사랑처럼

안녕하세요? 중고매매상 고구마氏

그것이 있다는 소식을 듣고 왔습니다.
보셔서 아시겠지만 제 달팽이관은 객관적으로 섹시합니다.
물론 눈알은 매끈하지요.
이 두 개로도 모자라다면
튼튼한 입술과 혀까지 덤으로 걸겠습니다.

죄송합니다. 선생님께
마지막 그것을 드릴 수 없습니다.

포털 사이트에서 웹 서핑한 결과,
중고매매상 고구마라는 귀사 홈페이지에서
마지막 자존심이라는 아이디를 가진 분이
분명 그것은 여럿 존재하며
정말 필요한 사람에게만
판매한다고 적어놓은 것을 보았습니다.

죄송합니다. 그것은 절판되었습니다.

저는 왕복 팔 차선 도로를 십삼 인의 아해처럼 질주하였고
나타샤와 당나귀의 수간(獸姦)을 불법 사이트에서 다운
받아 보았으며
리하르트 바그너의 〈신들의 황혼〉을 즐겨 듣습니다만,
더군다나 저는 기자입니다.

죄송합니다. 선생님이 찾는 그것은 희귀본으로서
지금 막 나가신 분께서 심장과 뇌하수체를 걸고 가져갔습니다.
사람들이 많이 보는 사무실 현관에 진열하겠다고 하셨습니다.

그 행운의 주인공은 누구입니까.

얼굴 떠다니는 신공을 지닌 입과
공중에서 허우적대며 마셜 아트를 하는 손과 다리가 있고,
게다가 21세기 한국 정치를 하는 분이라고 하셨습니다.

충분히 알겠습니다.
그렇다면, 혹시 너덜거리는 그것이라도 괜찮으니
재입고되면 어느 때고 꼭 좀 연락주시겠습니까.

어쩔 수 없군요, 선생님.
최하급 그것이 입고될
지구 멸망 오십 초 전에라도 구매 의사가 있다면
연락을 드리겠습니다, 감사합니다.

오독(誤讀)의 거리

　오만 원 신권을 오천 원 구권인 줄 알고 택시비 냈는데 말이지, 택시 번호는 기억 안 나고 말이지 화도 나고 말이지, 온다는 당신은 오지 않고 말이지, 마침 우씨 파는 할마씨 보이더란 말이지, 우발적으로다 씨를 달라고 했는데 말이지, 뭔 우씨 팔길래 한참을 뒤적이더란 말이지, 팔짱을 끼고 지나치는 원조교제 커플 보는데 말이지, 한숨 나오더란 말이지, 여고생으로 보이는 계집년이 저쪽 편으로 손 흔드는데 말이지, 포주처럼 보이는 여자한테 엄마라고 부르더란 말이지, 여고생 파트너였던 사내가 여보라고 부르더란 말이지, 눈알이 파래지는데 말이지, 씨 파는 할마씨는 아직도 뒤적거리고 있더란 말이지, 고개 들어 올려보았는데 말이지, 새파랗게 질린 하늘에 새가 사랑사랑 날더란 말이지.

　그 아래로 백화점 낯짝에 'Dream sale'이라고 박혀 있었는데 말이지, 그게 '꿈 살래'라고 읽히더란 말이지, 할마씨 나를 슬깃 보더니 말이지, 그 안으로 들어가더란 말이지, 백화점 따위에서 파는 꿈이야 뻔한 거 아닌가. 한정된 꿈과 특가된 꿈, 대량유통되는 꿈 따위 말이지, 역 앞 노숙자들처럼 흔한 꿈 아닌가. 서비스 마인드는 아귀의 뻗은 손처럼 섬뜩하고 말이지, 나까마꾼들은 순환하는 꿈 유통을 함부로 하고 말이지, 새는 고개 주억이며 토사물을 쪼아대고 말이지, 그러니 내 씨나 얼른 팔 것이지, 할마씨는 뭔 미련이 남아서 꿈을 사러 갔단 말인가.

백화점에서 나온 할마씨 보고 빨리 내 씨를 주세요, 라고 말을 건넸는데 말이지, 할마씨가 내 앞으로 옛다 네 씨다! 툭툭 글자들을 던지더란 말이지, 할마씨가 던진 씨, 씨, 씨를 받아들고 말이지, 오만 원이고 오천 원이고 원조교제고 부녀 사이고 꿈이고 나발이고 입안에 털어넣으니 말이지, 오독오독 씹히더란 말이지, 입과 머릿속을 울리는 오독오독 그건 말이지, 아픈 새의 울음소리처럼 심장을 주무르더란 말이지, 이런데도 이 새를 당신은 사랑이라 생각하느냐 말이지, 그렇다면 나의 새는 수많은 사람과 섞여 거리를 배회하고 있는데 말이지, 당신은 오지 않고 말이지, 나의 새는 날갯짓도 어설퍼라, 결국 이러자고 사랑사랑 퍼덕이다 백화점 피뢰침에 찔리는 아픔을 반복하잔 말이지, 나의 자발적인 부주의에서 태어난 새는 말이지, 거리에서 비까지 맞으며 오독오독 떨고 말이지, 오독오독! 나는 말이지, 말없이 새를 보고 말이지, 내 머리 위로 깃털 하나가 무의미하게 내려앉더란 말이지, 오독오독! 당신은 언제 오느냐 말이지.

2005년 황혼에서 2012년 새벽까지

포장마차
누구처럼 함부로 살았고 쉽게 잊었다.
가련한 봄이었지만 시시껄렁한 소주 몇 잔에 소문이 되
었다.
동시상영 하듯 몇은 죽고 몇은 별이 됐다.
죽은 자에 대한 이야기는 아무렇지도 않게 안주가 되었
으나
누구도 같은 재료를 두 번 주문하지 않았다.

양평동 선지해장국
피 먹은 생리대 펼쳐 있는 화장실 밖으로
젊은 연놈의 수작이 탱탱했고
손바닥은 몰래 훔쳐본 죄로 이따금 축축했다.
별 보러 몇 사람이 가게 밖을 나갔다.
도무지 다시 오는 사람, 없었다.
뒷골목 전신주 타고 내려온 새벽이
내 뒷덜미 물었고
걸핏하면 다 큰 년이 울었다.
죽은피를 먹으며 맞는 아침은
생존의 아수라였으므로
울 만한 일은 아니었다. 그래, 아니었다.
오줌 묻은 바지 털다,
엉거주춤 지퍼 올리는 늙은이의

성난 자지를
보았다.

종각역

별은 언제나 축 늘어진 그림자 밟았다
꼭 한 사람씩 뒷모습 보이며 사라졌다.
초라하고 볼품없는 빛을 보며 걷다가
목덜미에서 이빨 자국이 번쩍이면
개벽이라 했지만 누구도 내 말을 믿지 않았다.
그늘에서 혼자 일어난 그림자는
이제 곧 죽을 사람 찾아 몸 눕히고
밤이면 뛰쳐나와서
허구한 날, 거리를 더럽혔으므로,
한 사내의 죽음이 겨우 잊히고
노란 욕지기가 일었다.
태양이 딱 그만큼씩 어두워졌다.
다른 별이 지구 가까이 날아왔다,
또다른 별로 떠났다.

4부
끈질긴 봄

카페 터치 아프리카에서

우리는
바나나 나무 그늘 아래
야성적인 지성과 늙은 신사의 황금빛 그림을 건다
석양마저도 황금 과일로 만들고
커피를 볶는 주인의 손톱으로
잠든 기린의 속눈썹과
푸른 아프리카의 하늘이 물든다

우리는
노래 킬리만자로의 표범과
예술과 고산병과 건기(乾期)가 머문 커피를 마신다
고운 흙냄새 나는 음악이 흐르고
연기가 피어오르는 잔을 든 이들의
지난 안녕과
만년설이 녹는 산을 눈 훔치며 본다

식어가는 커피와 아프리카 밖으로
스리슬쩍 시작된 우기(雨期)와 영화 달콤한 인생과
슬픈 눈을 가진 얼룩말과 촌스런 꽃마차와
사 차선 도로 달리는 잎사귀를 끌어와
저것이 달고, 그것이 쓰고, 이것이 시다,
평원에 널린 이야기가
커피잔으로 몰려와

몸주 오시는 신내림 굿판처럼
야단법석이다

술에 절은 나날들

술이 술을 마시고 술이 술을 만난다. 잇닿은 인연이 질겨서 꼭 만나야 할 사람과 만나지 않아도 될 사람이 술이 되어 흘러간다. 무엇이 진실이고 무엇이 거짓인가. 술만 안다.

진실을 겉바른 거짓을 안다. 나는 거짓과 진실 속에서 케케묵은 말을 꺼내, 때로는 조사(弔辭)로 때로는 축사(祝辭)로 안내한다. 그것은 거짓도 진실도 아니다. 내 것이 아닌 말들의 종착지다.

내 것이 아닌 말을 타고 달리는 사람들과 질주하는 것은 슬픈 저주다. 슬프다는 것도 내 것은 아니다. 나는 정작 그것을 모른다. 그래서 말은 길들여야 한다. 간을 길들이듯 조금씩 강도를 높여야 한다.

슬프다는 것이 눈물의 징조인지 아니면 눈물 자체인지 독한 술로 달래면 안다. 그러므로 나는 거짓인 척 진실을 말하고 있다. 그것은 내가 술을 마셔서고 내가 술이 되어서다.

라고 말하는 나는 어느 주조장의 술입니다. 술이 술을 낳고 그 술이 술을 낳고 마침내 나를 낳았어요. 아버지의 천년왕국은 술의 역사. 오늘도 나는 술을 마셔요. 공짜 술을 주는 집이 있어요. 그 집에 착한 친구가 자기 사진을 저당 잡혔어요. 그 친구에게 비틀거리는 시를 썼어요. 희디흰 국화에 취한 술은 독하구나, 맵디매운 백단향 안주는 공짜라도 먹지 않으리. 병풍을 거둬라. 함께 따뜻한 젖 흐르는 여자가 있는 술집으로 가자. 뇌가 술에 절어 곰삭아가요. 발효된 뇌를 건져 내일도 술을 마실 거예요. 술 취한 말이 거품을 물고 토해도 괜찮아요. 쓰러져도 괜찮아요. 해장국을 목구멍에 털어주면 금방 괜찮아요. 흰 국화가 덮은 친구의 사진에도 해장국을 뿌려줄래요. 술이 우는 시를 읽어줄래요. 나, 안 취했어요. 진짜예요. 술도 안 마시고, 거짓말 피우지 마세요.

목련 발자국

봄은 청춘이라는 낡은 수사를 만지는
넋 나간 여자가 나무에 걸리는데
나는 그만 보고 말았지
그 여자의 몸이 나무를 타는 격렬한 정사
둥글게둥글게 익어가는 달 같은 거
대놓고 쳐다보는데
나는 무어가 그리 창피하였는지
숨어 보다 들켜버렸어
여자가 굵은 나무를 타고 꼭대기에 올라
달빛을 조명 삼아 이리 들썩 저리 들썩이더니,
흐늘흐늘 내 발등에 꽃으로 내려앉았지
봄꽃의 숨죽인 비명을 듣는 것은 고역이지만
꽃을 봐야 다음 계절이 오지,
해마다 봄이 오면 청년들은 소문 없이 그걸 배웠나봐
차곡차곡 늙어가면서도 다시 꽃나무 아래로 모여
고요한 발자국을 남기잖아
목을 맨 여자가 환희에 겨워 내려앉는 소리
내 속으로 발자국을 내며 들어서는
아주 오래된 봄의
향연

두번째 봄이다

벽제 화장터 다녀오는 길이었다. 갓길에서 이른 들꽃 무리 보았다. 눈 뜨고 갔다. 홍매화처럼 점, 점, 점, 피똥 흘리던 사내. 우리는 물안개 피는 강으로 갔다. 꽃을 꺾어 몰래 북한강에 뿌렸다. 눈물로 만든 꽃, 투두둑 물받침 딛고 뒤따라 사내가 갔다. 서툴게 갈린 뼈가 되어 갔다. 술은 우리의 살이라더니, 걸쭉하게 익은 막걸리 바르고 갔다. 내 살도 가져가라, 주었는데 받지 못했다. 잔은 돌려야 맛이라 알려주던 사내야, 저만 잔 받고 왜 내겐 안 건네주나. 가서 좋아하는 막걸리 사먹고 책 사 읽어라. 돈다발 두둑하게 태워줬는데, 먼 곳 가서 술값 걱정 없어도 됐을 텐데, 사내야. 먼지 털어 술 사주던 사내야, 거기는 기똥찬 의사가 있다 했잖아, 만병통치한다 했잖아. 도대체 왜 저 붉은 피똥 싸는 꽃나무에 겹쳐 나를 보는 건데? 이 환장할 봄날.

동충하초

간밤
돌아가신 할머니가 나비가 되어
뒷마당에 알을 슬어놓고 가셨단다
깨어나 나비가 되려고 몸을 뒤척이는데
내 속으로 네가 조용히 들어오는 거야
달콤하게 웃으며 내 속으로 들어왔지
가끔 풀벌레가 찾아와
먼 동네 사는 리라꽃이 기다리고 있다고
길상사에 청매화가 피었다고 울어주더구나
넌 그 소리에도 꿈쩍 않고 조금씩 조금씩
자라기 시작하더니
하얀 내 살을 찢고 나오는 거야
머리를 불쑥, 내밀고 몸뚱이를 밀어내더군
비명을 지를 수 없었단다 아프지 않았으니까
더이상 하얀 날개도 멋진 더듬이도 긴 소용돌이 입도
자라지 않는다는 사실보다 아프지 않았으니까

번데기에서 벗어나듯 꿈에서 깨어났다
주위 사람들에게 물어보니 동충하초라더구나
겨우내 벌레로 있다가 여름에는 풀이 되는,
완벽한 변이!
이 엄마는 할머니처럼
네게 나비의 날개 따위를 물려주고 싶지 않았는데

내 슬픈 꿈이 참 좋은 꿈이었구나
생각만 해도 가슴 벅찬 꿈이었구나

마지막 봄날

춘식이가 죽었다. 무슨 교육대 졸업하고 소주병을 베개 삼아 윗마을 가겟집 평상에서 잠을 자던 춘식이. 태권도가 사 단이고 유도가 삼 단이고 전두환, 노태우를 때려눕혔다 던 붉은 코 아저씨. 아저씨라 부르지 말고 춘식이라 불러달 라던 앞니 빠진 사내. 벚나무가 살비듬을 털던 어느 해, 그 늘 진 돌담 밑에서 깜박 잠이 든 나를 깨워 바람개비 만들 어 달랬다.

아줌마가 죽었다. 새벽마다 야쿠르트 두 개를 문밖에 세 워두고 가던 한국 야쿠르트 아줌마. 내가 다니던 학교, 가을 운동회에 와서 빈 야쿠르트 병을 줍는데 풍선 장수의 헬륨 가스 통이 폭발했다. 아줌마의 몸속에서 살던 것들이 이제 죽은 것은 필요 없다고 그녀의 몸 밖으로 뛰쳐나왔다. 붉은 피가 뱀처럼 수챗구멍으로 기어갔다.

우리 동네 꼬마도 죽었다. 세발자전거를 타고 큰길 달리 다가 미군 스낵카 밑으로 빨려들어갔다. 그날, 학원 다녀오 는 길에 녀석이 낸 붉은 길을 따라 걸었다. 빈 음료수 깡통 을 미8군 담벼락 벽돌 사이로 구겨넣고 어디론가 잡혀갈까 뛰기도 했다. 소나기가 왔으나 꼬마가 만든 길은 몇 주가 지 나서야 사라졌다.

D선배도 죽었다. 산에서 신혼집 향해 목을 매달았다. 군

인이었던 선배는 행군에 지친 병사처럼 내게 삶은 어떻게 사느냐보다 왜 사느냐가 중요하다고 했다. 선배가 챙겨준 비상전투식량 먹으며 대학로를 걸었다. 서울 장악한 황사를 피해, 선배를 북한강에 몰래 침투시키고 김지하의 새를 불렀다.

할머니가 죽었다. 상고를 졸업하고 첫 월급 삼십오만 원 받아서 예수쟁이 할머니에게 성경책을 선물했었다. 성경 구절을 읽고 찬송가 사백육십 장 펴서 〈지금까지 지내온 것〉을 같이 불렀던 할머니는 까막눈이었다. 국화를 가득 넣은 향나무 속으로, 할머니가 붉은 지혜를 신고 들어가는데 자꾸만 웃음이 나왔다.

순서대로, 내가 기억하는 시들이 죽었다. 아무도 몰래 당신들을 외우며 집으로 돌아오는 길, 온기가 남아 있던 탓일까. 심장에서 설익은 꽃이 때이른 안녕을 전했다. 붉은 꽃 핀 자리마다 되살아나는 향기. 곱게 갈린 뼈를 뿌리듯 내가 밟는 걸음걸음 눈가루가 날렸다. —고맙다. 내 것이되 내 것이 아닌 것들아. 계절이 뒤척여도, 아직도 나는 마지막 봄날이었으므로.

벚꽃

소리 없이 꽃이 지고 피고 길을 걷다 쏟아진다. 꽃의 폭격,
대열에서 벗어난 한 아이 쓰러져 있다. 행군하는 사람들
주위에 뽀얀 꽃잎이 먼지처럼 쌓인다.

—이 꽃 팔아서 손수레 하나 사요.
　나는 꽃을 키우고
　가난한 엄마는 꽃을 꺾어다 파는 거예요.

입을 활짝 열어젖힌 꽃이 아이 얼굴을 덮는다. 흐르는 꽃
향기,
　아이 엄마의 봉긋한 젖무덤 위로 바람이 몰고 온 부서진
꽃잎,
　인파의 행군 밑에서 하얀 거품을 부걱 부걱 게워내는 아
이,

—4월이에요. 윤중로의 벚꽃은 아름답죠.
　내 아이가 하얀 꽃을 피우는데
　아무도 꽃을 봐주지도, 사가지도 않네요. 꽃 사실래요?

차 사고 난 여의도, 주변의 차들, 느리게 넘어가는 해,
소리 없이 아이를 잃은 여자처럼,
내 발을 붙잡는
검은 아스팔트 위 나무들

희디흰
눈물,
눈물,
벚,
꽃잎들.

새터 엘레지

그날은 바람이 가볍게 불었습니다
오른쪽으로 검푸른 강이 흐르고
왼쪽으로 아직 열리지 않은 포도밭이 보였습니다
나는 포도색 옷을 입고
포도색 애나멜을 손톱에 칠했습니다
발걸음을 옮길 때마다 포도물이 번지듯 당신이 번졌지요
당신은 줄곧 아편 같은 세상, 꽃내보다 진하다 했습니다
제 몸 그대로 무덤을 만든 당신은 혀 내밀어 길을 내었습니다
그 길 위에 비가 세상을 향해 작살을 내리꽂습니다만
잡을 수 없는 세상이라, 발길에 차이는 계절을 툭툭 건들다 맙니다
나는 그 길을 삐걱삐걱 울어대는 굽 부러진 구두 한 짝 들고 서성입니다
당신처럼, 나무에 목 맨 포도알을 입속에 넣어봅니다
아주 오래전에 씨앗이 나무를 타고 먼 곳으로 떠나버린 맛입니다
저 강 건너 무겁게 내리쬐는 햇빛에 등 굽은 노인이 나를 바라봅니다
무게 없는 바람을 안은 노인의 노래가 예까지 들립니다
나는 바람의 딸 / 사냥의 여신 / 그리고
당신의 목숨을 꿰어찬
검은 여자입니다

저만치

부드러운 손을 가진 의사는 내 젖무덤 파고
나는 동그랗게 몸 말고 땅을 팠다.
마취가 된 나는 희미하게 눈 뜨고
저만치 피어 있는 꽃을 보았다.
기어이 봄이 왔구나! 봄이 오고야 말았어,
겨우내 안 보이던 무덤이 발기되어 싱싱했다.
저승 문이 열리는 게야, 늙은 의사는 그렇게 말했다.
저만치 서 있는 꽃을 꺾어 함부로 입속에 밀어넣었지만
입에서는 푸른 무덤들이 기어나왔다.
무덤은 길게 늘어서고
의사는 내가 토한 무덤을 보며 웃어댔다.
그 소리에 우르르 쾅쾅 놀란 비가 몰아치자
가을이었고, 이윽고 겨울이었다.
내가 판 땅속으로 무덤이 줄줄이 들어갔다. 그동안
낙엽에 가리고 눈에 가려 무덤들은 더이상
나를 따라오지 못했다. 다시 눈을 떴다.
새파랗게 질린 병실 가운데
투명한 병에 꽂힌 꽃들이
정말 끈질긴 봄이라고 속삭였다.

겐조를 듣다

오래된 악기 냄새가 났어요. 그에게선, 이국의 바람이 배어 있는 여자를 만난 적 있다는 그의 몸에선 낯선 노래가 풍겨 나는 참 고역이었어요.

치치카카 열 맞춰 돌아가는 시계 소리. 끼끼뽕뽕 줄 맞춰 만나는 날줄과 씨줄 소리.

웃겨요? 나는 하나도 웃기지 않은데, 당신은 내가 당신에게 사라진 비파 냄새가 난다고 해도 믿지 않겠죠. 왜냐하면 그건 현실에서 일어날 수 없는 일.

룰루랄라 역사를 짜는 베틀 소리. 바덴바덴 시간을 돌리는 수리공의 손 떠는 소리.

비극이 현실이 되면 연일 다음 아고라에 당신의 이름이 검색되고 순식간에 당신의 주민번호와 함께 국적과 함께 승냥이들이 달려들어 당신을 물어뜯겠죠.

치치카카 열 맞춰 이 닦는 소리. 끼끼뽕뽕 줄 맞춰 똥 닦는 소리.

네이버 지식인에서는 당신의 얼굴이 떠돌고 나는 그리운 악기의 선율에 잠시 당신을 올렸던 입술을 도려내겠죠.

룰루랄라 역사를 짜는 세탁기 소리. 바덴바덴 시간을 부수는 테이크 아웃 커피 머신 소리.

내 입술은 당신이 스쳐 지나면서 흥얼거렸던 콧노래를 부를 테고, 내 코는 순간 맡았던 치명적인 냄새를 주억이며 늙어갈 테고. 이별을 말하는 당신 얼굴 위로 살찐 애벌레가 기어갈 테고.

초상(初喪)

오늘은
故人이 우리 곁을 떠난 것을 기념하여 모인 자리입니다
죽음은 부자나 가난한 이에게나
여자나 남자에게나 공평합니다
여러분도 공평하게 나눠드시기 바랍니다

애피타이저는 故人의 허벅지 살로 만든 수프입니다
그의 굽은 손으로 떠서 드십시오, 천천히……
평소 그의 우직함을 맛의 기본으로 하였습니다
그가 틈틈이 동네 텃밭에서 일을 하던 관계로
다른 수프보다 조금 덜 부드러운 맛이 있습니다
요리는 재료에 따라 맛이 달라지므로 양해를 구합니다

이어 나올 요리는 故人의 가슴으로 만든
얇게 저민 스테이크입니다
구운 시간별로 그 맛이 다릅니다만
오늘은 특별히 살짝 구운 맛을 권합니다
붉은 피가 입안으로 퍼질 때 눈을 감으십시오
이 피가 혈관 타고
머리부터 발끝까지 달리는 속도를 느껴보세요

마지막으로 준비한, 故人의 뇌로 만든 푸딩입니다
이 특별한 푸딩은 생전 그가 좋아하던

나무 그림자를 향신료로 첨가하였습니다
자연 그대로의 향이 혀를 통해
여러분을 잠시 시원(始原)으로 인도할 것입니다
여러분이 시작되고 끝난,
배꼽이 가려워오는 그 맛을 음미해보십시오
맛있게 드셨습니까?

가실 때에는
故人의 뼈와 털을 태워 만든 양초의 심지를 들고 가십시오
안개가 끼면 불을 뿜어 여러분이 가야 할 길을 비춰줄 것
입니다
이 생애, 부디 안녕히 돌아가십시오

불두(佛頭)

부처의 귓불에
필사적으로 매달리다
귓속으로 무사히 들어가는
개미

죽은 벌레 한 마리 물고 나온다

살포시 눈 감은 부처가
콧구멍 크게 벌리고
귀가 뻥 뚫린 듯
시원한 미소 짓는다

저 부처는
손이 없어도
불편하지 않겠다

궁극의 리듬을 위한 프렐류드

권희철(평론가)

1. 화장하지 않는 여자의 거울

윤진화의 시는 화장하지 않는다. 이 문장은 그녀의 시에 수수한 맛이 있다는 것을 의미하지도 않고, 마음과 인생의 맨얼굴을 비춰주는 조영술(照影術)을 암시하지도 않는다. 오해되기 너무 쉬운 이 문장을 위해 조금 긴 설명을 덧붙이기로 하자.

화장은 나르시시즘적 기만술이 아니다. 화장이 맨얼굴을 감추고 그 위에 거짓된 꾸밈을 덮어씌워 스스로를 만족시키는 것이라고 잘못 이해될 때, 우리의 맨얼굴 또한 잘못 이해된다. 만일 화장한 얼굴이 거짓으로 꾸며진 얼굴이라면, 화장을 지운 맨얼굴이 우리의 진짜 얼굴이라는 것일까? 두부(頭部)를 덮고 있는 피부와 눈, 코, 입의 윤곽, 그러니까 특정한 형태를 이루고 있는 안면이 우리의 진짜 모습이라는 것일까? 화장을 지운 안면의 색과 윤곽이 그 말의 모든 의미에서의 맨얼굴은 아니다. 두개골 위에 뭉쳐진 단백질 덩어리의 형태가 우리 맨얼굴의 전부는 아닌 것이다. 우리 존재의 맨얼굴은 언제나 안면의 고정된 형태를 넘어선다. 우리는 우리 자신에 대해 꿈꾸면서 우리의 심연을 탐색하고 확장하며 강화할 수 있고, 그렇게 할 때마다 우리는 조금씩 다른 존재가 되어간다. 인간은 매 순간 자신 이상이고자 하는 가변적 존재이므로 안면의 고정된 형태가 우리의 맨얼굴을 대변할 수는 없다. 오히려 이렇게 말해야 한다. 우리의 존재를 변모시키는, 자신에 대한 꿈꾸기, 그 꿈의 장식적 무늬야말로 우리의 참다운 맨얼굴이다.

이렇게 볼 때 나르시시즘이 어찌 현실을 부정하는 신경증자들의 증상이기만 하겠는가. 나르시시즘은 자신을 더 크고 깊고 내밀하면서도 자유로운 존재로 꿈꾸며 스스로를 사랑하기에 이르고 또 그렇게 해서 삶을 풍요롭게 가꾸는 것이어서 나르시시즘이야말로 우리의 맨얼굴을 구성하는 참다운 물질이며 매 순간 자신 이상이 되려는 존재들의 즐겁고 낙관적인 단련법이다.

그러므로 자신의 안면을 아름답게 꾸미는 화장을 나르시시즘적 연습이라 부를 수는 있겠지만, 그것은 나르시시즘이 존재생성적 꿈의 단련법인 한에서 그러하다. 여자들은 화장을 한다. 여자들은 우리가 현실이라고 부르는 왜소한 이미지를 돌보고 기르며 아름답게 가꾸는 꿈을 매일같이 안면 위에서 연습한다. 마치 자연이 우주적 나르시시즘 속에서 꽃을 피워 자신의 싱그러운 생명력과 아름다움을 배가하는 것처럼. 여자들의 거울은 허영심으로 반짝거리는 도구가 아니라, 나르시시즘적 꿈이 투영되는 스크린이다. 마치 자연이 우주적 나르시시즘 속에서 자기 자신을, 그러니까 하늘과 나무와 꽃을 언제까지나 연못 위에 비춰보고 있는 것처럼. 어느 봄날 연못가에 꽃을 피우는 자연의 화장을 여자들은 매일같이 거울 앞에서 모방한다. 화장, 우리의 삶을 확대하고 변모시키는 것, 우리 자신의 심연을 꿈꾸며 가꾸는 것, 우주적 나르시시즘을 위한 연습. 그러므로 화장은 어느 정도는 시적인 연습.

그러나 윤진화의 시는 화장하지 않는다. 윤진화 시의 화자에게서 스스로를 사랑하려는 열정이나 자신 안에서 진귀한 이미지들을 꽃피워내려는 의지를 찾아보기는 힘들다. 그녀들은 나르시시즘적인 즐거움 대신 어떤 공격성과 예기치 않은 고통에 민감하다(여기서 「술에 절은 나날들」, 「두번째 봄이다」, 「마지막 봄날」, 「저만치」 등의 시를 들어—혹은 「잃어버린 여자에게」, 「벚꽃」, 「초상(初喪)」까지—윤진화의 시는 죽음 쪽으로 너무 기울어져 있어 삶의 예찬인 나르시시즘과는 어울리지 않는다고 설명하고 싶은 유혹을 느낄 수도 있겠다. 덧붙여 시인이 실제로 겪은 타인의 죽음에 관한 이야기를 엿듣고 싶은 유혹마저도 느끼게 된다. 하지만 아마도 거꾸로 말하는 것이 실상에 가까울 것 같다. 윤진화의 시는 나르시시즘적 연습에 무관심하기 때문에 죽음과 관련된 소재를 너무 쉽게 채택하곤 한다).

이미지들의 장식도 증식도 없는, 화장하지 않는 그녀의 거울은 예컨대 이런 식이다.

이곳에 닿는 햇살은 하늘부터 시작된 시침질 같아요
한 땀 한 땀 내려와 수를 놓아가는 빛살
물푸레나무 스쳐 가슴께 지나고 있는
빛의 걸음 따라 나는 연못을 바라봅니다

손 내밀면 일그러지는, 이 여자 울고 있네요

물속으로 떨어지는 빛줄기에 아픈 건 아닐까
바늘귀를 대는 햇빛에 다친 건 아닐까
지금, 여자의 얼굴 위로 물푸레 잎이 떠가고 있어요
날카로운 한낮을 순항하는 구름 따라 떠가고 있어요

수면은 물푸레 잎을 떠받들고
빛은 물을 통과해 그들을 꿰매는,
조용하지만 따가운 오후
푸른 연못 위의 한 여자
——「푸른 연못」 전문

　나르시스의 탄생을 위해 완벽하게 준비된 무대 위에서조차 그녀는 연못 위에 비친 자신의 얼굴에 무심한 것처럼 보인다. 「푸른 연못」에서 중심적인 것은 연못 위에 일렁이며 반짝거리는 나르시스의 이미지보다 햇살의 따가운 감각이다. 단지 한낮의 햇살이 너무 따가워 바늘처럼 느껴졌다는 것이 아니다. 햇살의 따가운 감각은 시 안에서 증폭되고 질적으로 도약하면서 거울 연못의 안과 밖을 관통하는 바늘의 이미지를 만든다. 그렇게 해서 여자는 거울 연못에 시침질되어버렸다. 그녀는 빛의 바늘로 관통당했고 빛의 실로 결박당해 있다. 그녀는 거울 연못에 묶여버렸다. 그녀는 한동안 거울 연못 앞에서 움직이지 못할 테지만 그것은 자신의 이미지에 매혹된 나르시스의 묶임과는 다르다. 그녀가 거울 연못을 보도록 이끈 것도 공격적인 빛이고("이곳에 닿는 햇살은 하늘로부터 시작된 시침질 같아요 (중략) 빛의 걸음 따라 나는 연못을 바라봅니다"), 거울 연못 앞에서 움직이지 못하게 하는 것도 공격적인 빛이어서("빛은 물을 통과해 그들을 꿰매는, (중략) 푸른 연못 위의 한 여자"), 여기에 이미지의 유혹은 끼어들 틈이 없다.

거울 연못 안의 여자(자신의 그림자)에게 잠시 눈길이 머물기도 하지만 그것은 관통의 느낌들, 아픔과 울음, 상처들에 대한 감각이지, 슬픈 얼굴의 매혹적인 이미지에 대한 응시는 아니다. 얼굴의 이미지는 연못 위에 닿은 손 때문에 알아볼 수 없게 뭉개졌고 그나마도 그 위를 지나가는 물푸레 잎과 구름의 물그림자들에게 시선을 빼앗기고 만다("손 내밀면 일그러지는, 이 여자 (중략) 지금, 여자의 얼굴 위로 물푸레 잎이 (중략) 구름 따라 떠가고 있어요"). 거울 연못 안에서는 울고 있는 제 얼굴마저도 주인공이 아니며 아주 작은 날카로움으로도 무엇인가를 관통하게 만드는 증폭된 공격성이 모든 것을 지배하고 있는 것처럼 보인다. 화장하지 않는 여자의 거울 위에는 매혹적인 얼굴을 한 꽃 같은 여인들 대신에 공격성을 숨기지 못하는 여자들이 떠오른다. 그렇게 해서 『붉은 털 날리던 시절』 도처에서 어슬렁거리는 여자 사냥꾼들이 등장한다.

2. 아마존의 식탁

『우리의 야생 소녀』의 여자 사냥꾼들은 존재의 정원을 가꾸기보다 숲과 들판으로 나가 무엇인가를 붙잡아 찌르고 찢고 죽이지만 그녀들이 단지 '남성화된 여성'인 것만은 아니다. 그녀들은 마치 자기 자신을 찌르고 찢고 죽이면서 '새로운 여성'의 탄생을 기다리는 것처럼 보인다. 「초경(初經)」의 여자 사냥꾼에게는 남성과 여성에 대한 이중의 부정으로 다시 태어나는 소녀의 이미지가 숨겨져 있지 않은가.

검은 숲에서 북소리 들려온다 짐승의 정강이뼈를 들고 북치는 봉두난발 소녀가 나온다 (중략) 소녀의 목에는 송곳니로 엮은 목걸이 걸려 있다 머리 위로 초생달이 떠 있다 날카로운 발톱을 가진 매 한 마리, 설화 가득 핀 나뭇가지의 잔설(殘雪) 떨구며 날아오른다 멀리 별똥별이 밤공기를 세차게 가른다 소녀가 달을 꺾어 손에 쥔다 (중략) 허공에서 휘이익, 한 바퀴 돌던 달이 날개를 펼친 매 대가리에 꽂힌다 (중략) 허리춤에 사냥한 매를 단단히 꿰는 소녀, 매의 피가 소녀의 가랑이를 타고 흐른다
  ―「초경(初經)」 부분

소녀의 액세서리는 모두 사냥꾼의 것이고, 여성적 신격으로 숭배되는 달조차도 소녀에게는 부메랑 형태의 사냥 무기가 된

다. 소녀에게는 '여성'적인 것이 지워져 남성화된 것처럼 보인다. 그러나 소녀가 떨어뜨리는 것은, 하늘 높이 솟구쳐올라 무엇인가를 향해 돌진하고 잡아채며 찢어버리는 '남성'적 공격성을 지닌 매다. 소녀는 사냥꾼의 몸짓으로 자신에게서 여성적인 것을 지워버리는가 하면, 달(여성적인 것)을 던져 매(남성적인 것)를 지우기도 한다. 날카로운 발톱을 지닌 남성적 동물을 달에 관통시켜 피 흘리게 하고 그 피가 소녀의 가랑이를 타고 흐르게 하는 것이 초경이다. 이 소녀의 초경은 남성적인 것인가 여성적인 것인가. 이 위험하고 불온한 생명의 액체는 남자도 여자도 아닌 어떤 인간으로 다시 태어날, 여자 사냥꾼의 표지가 아닌가.

남자도 여자도 아닌 이 새로운 존재를 '여자' 사냥꾼이라고 부르는 것이 우리를 혼란스럽게 한다면 저 소녀를 아마존이라고 불러보면 어떨까. 신화적 전승에 따르면 아마존 부족의 여자들은 자신들의 공동체 내에서 남자들을 추방하고 사내아이를 낳는 경우 살해했다. 그녀들은 남성적 무기인 칼과 방패 또한 거절했으며 그들 자신이 전사가 되어 말을 타고 활을 쏘았고 활을 쏘는 데 거추장스러운 한쪽 유방을 도려내기도 했다. 자신들에게서 여자(유방, 어머니)도 남자(칼과 방패, 무엇보다 생물학적 남자들)도 지워버린 이 여전사들에게서 「초경(初經)」의 소녀와의 구조적 동일성을 확인하는 것은 손쉬운 일이다. 윤진화의 또다른 시에서 아마존이 달려나오는 것 역시 놀랄 일은 아니다(「모녀의 저녁 식사」를 읽기 전에 우리의 이야기를 조금 더 밀고 나갈 수도 있다. 우리가 이해하기로 아마존은 여성성 위에 남성성을 추가한 것이 아니다. 남자와 여자를 합하는 것은 단지 인간의 완전하지 못한 서로 다른 방향의 두 성질을 한데 모아놓는 것일 뿐이므로 그렇게 해서는 열등한 성질들이 축적될 뿐이다. 남자와 여자를 합할 것이 아니라 남자도 여자도 아닌 인간을 창조해야 한다. 태초에 아담이 그러했던 것처럼. 야훼가 아담의 갈비뼈에서 이브를 꺼내 여자를 만들기 전까지의 아담, 여자라는 짝이 아직 존재하기 전의 아담을 남자라고 할 수 있을까? 그는 아직 남자와 여자로 분화되기 이전의 인간이다. 그는 자신 안의 소중한 무엇, 나중에 사랑에 빠질 그 무엇을 잃어버리고 나서야 남자가 됐고, 이브는 자기 바깥에 어떤 '나머지'를 남겨둔 채로 여자로 끄집어져나왔다. 엘리아데가 말했듯이, 인간은 선악과를 먹었기 때문에 타락한 것이 아니라, 남자와 여자로 쪼개져도 모를 만큼 깊은 잠에 빠졌을 때 이미 타락한 것이 아닌가. 이 타락한 두 조각들을 단순히 합하는 것은 아무 소용이 없다. 남자도 여자도 아닌 아담을 만들어야 한다. 남자도 여자도 '아닌', 이 이중부정의 아담의 사례로 아마존을 꼽을 수는 없을까).

배추김치, 파김치, 상추겉절이, 오이소박이, 어머니……
어머니, 우리 집 식탁에는 온통 풀뿐이네요
우리의 저녁 식사는 말들이 좋아하겠어요
보세요? 하얀 접시 위에 그려진 말이 우리보다 먼저

우리의 저녁 식탁에 와 있잖아요 그래요 거기요 가만히,
아이처럼 귀를 기울이면
어디선가 또다른 말이 들길을 지나 마을 건너
가난한 우리 식탁으로 달려와요 들리세요?
주인을 버리고 달려오는 말 울음소리요
저기 먼 곳에서는
젖가슴 하나 달린 여자들이
안장도 없는 말을 타고
드넓은 대지를 흔들며 산다던데. 히잉! 어머니
주홍빛 하늘이 몰려와 대지를 덮으면
동그랗게 몸을 웅크린 여자들이
말갈기 같은 머리카락을 휘날리며
우리 식탁을 향해 자신의 말들을 찾아
고단한 하루치 태양을 쉬게 하고 달려와요
히잉! 어머니
당신이 좋아하는 딸기 아이스크림이 녹을 때처럼
하늘이 물들어갈 때, 그녀들이 달려와요
가슴 하나를 도려낸 그녀들이, 자꾸만 자꾸만
초대받은 손님처럼 달려와요
어머니, 유방암에 걸린
아마존의 여왕, 히폴리테여
듣고 계신가요?
전사들이

우리의 밀림으로 몰려오는 소리
그 침묵의 소리들이요
……히잉! 어머니
— 「모녀의 저녁 식사」 전문

　이 시는 식탁 앞에서 '고기 반찬'이 없다고 투정부리는 식구
들의 친근하고 일상적인 농담들(이건 뭐 풀밭이 따로 없네요.
이런 식이라면 염소가 같이 밥 먹자고 하겠어요)에서 출발한
다. 시 안에서 모든 말들은 실제적 효과를 발휘하므로 식탁은
즉시 풀밭으로 바뀌고 풀밭은 한없이 넓어지며 저 멀리 이국
의 마을들까지 함께 품은 거대한 대지의 일부가 된다. 그렇게
해서 아마조네스의 말들이 주인을 버리고 풀밭—식탁으로 달
려오고 아마존의 전사들 또한 말을 따라 풀밭—식탁으로 달
려온다. 이 얼마나 많은 손님들로 붐비는 풍요로운 저녁 식사
인가. 그런데 풀밭—식탁 위로 달려오는 것은 왜 염소나 양이
아니라 하필 '말'이며 이 말의 주인은 왜 아마조네스인가. 시
의 후반부에 '김치—풀밭—말—아마조네스'의 이미지들이 어
머니를 보는 딸의 애틋한 시선을 따라 비약해왔음이 드러난
다. 유방암으로 한쪽 유방을 절제해야 했던 어머니에 대한 딸
의 애틋한 시선 아래서 "젖가슴 하나 달린 여자들"과 그녀들
의 말이 아니고서 어떤 동물과 어떤 부족이 초대될 수 있겠는
가(그러고 보면 저 식물성 만찬 또한 어머니의 유방암 때문에
강제된 식이요법인 것일까. 그렇다면 이 시를 출발시키는 농담

은 또 얼마나 슬픈 것인가).

하지만 이 시의 정서가 단지 큰 병을 앓은 늙은 어머니를 향한 서글픔으로 수렴되고 끝나는 것은 아니다. 저 애틋하고 슬픈 감정에 자극받아 비약하는 이미지들이 어머니를 감싸면 그녀는 그저 수술로 한쪽 유방을 잃은 늙고 병든 여자인 채로 남지 않는다. 모녀가 마주 앉은 식탁이 아마존의 풀밭이며 그곳의 주인이 어머니이니 그녀는 "안장도 없는 말을 타고 드넓은 대지를 흔들며" 사는 "젖가슴 하나 달린 여자들" 가운데 한 여자일 뿐 아니라 "아마존의 여왕, 히폴리테"여야 한다. 머리카락이 말갈기와 구분되지 않는 저 아마조네스, 안장도 없이 말을 타고 말만큼 멀리 달릴 수 있는 이 아마조네스의 활기와 건강함이 늙고 아픈 어머니에게 흘러든다. 풀밭—식탁에는 아마조네스가 타는 말 울음소리가 들리는 듯하고, 가만히 들어보면(특히 마지막 4행) 그 울음소리는 말이 내는 것인지, 아마조네스가 내는 것인지, 혹은 딸이 내는 것인지 잘 구분되지 않는다. 독자들이 여기에 약간의 상상력을 추가한다면 이 모호한 울음의 주체가 결국에는 더이상 늙고 병든 여자가 아닌 어머니, 히폴리테가 내는 것이라고 읽어볼 수도 있을 것이다. 그녀는 이제 생명력이 꿈틀거리는 우람한 초식동물이기도 하다.

이 시가 도입하는 비약은 아직 한 번 더 남아 있다. 병든 어머니는 풀밭 위의 말과 아마조네스에 둘러싸여 대지를 뒤흔드는 아마존의 왕 히폴리테가 되었지만, 히폴리테—어머니는

또한 말들과 아마조네스를 자신의 만찬에 초대한 식탁의 왕
이기도 하다. '아마존'의 기호 속에 굳어진 '전사'(공격성)의 이
미지는 무엇인가를 먹는 행위의 안락함과 함께 나눠 먹는 행
위의 따뜻함으로 침식되고 변질된다. 그들은 결코 '남성화된'
여자 '전사'가 아니다. 이 부드럽고 애틋한 시에도 그 아래에는
공격성이 숨겨져 있지만(어쨌거나 아마조네스는 전사의 이미
지를 연상시키고 어머니의 유방은 이미 날카로운 수술칼로 도
려내졌다) 그 공격성은 식탁의 대지 위에서 벌어지는 비남성
적 공격성으로 바뀌어 있다. 이 공격성은 늙고 병든 여자에게
가해져 아마존의 왕을 탄생시키고, 전사들에게 가해져 홍성
스러운 식구들을 탄생시킨다.

단지 파괴하는 남성적 공격성과는 구분되는 이 공격성은 연
금술적 변형에 가까워, 어떤 존재들을 찢고 그 심연 속에 감
추어진 무엇인가를 꺼내 보인다. 그것은 단순한 찢기가 아니
라, 심연에 대한 침투이자 굴착이며 출산에 가깝다. 이 공격성
은 나르시시즘을 경유하지 않고 존재생성의 꿈을 꾸려는 것
처럼 보인다. 이것이 빛의 시침질이고, 여자 사냥꾼의 초경이
며, 아마존의 만찬이다.

3. 찢고 물어뜯는 애무

다음과 같은 시들과 함께 남성적 공격성과 구분되는 독특한 공격성의 목록을 계속해서 늘려갈 수도 있다.

허연 달이 그녀와 함께/ 꽃씨 주머니를 톡톡 터뜨리며 마당 곳곳을 누볐어요/ 모든 꽃들의 출산이 끝났을 때/ 그녀가 내 붕알을 스치듯 건드렸어요/ 붕알이 갈라지며 호두나무가 쑥쑥 잎을 밀어내며 자랐거든요// 여자가 소녀를 위해 흰 꽃을 딴다며 나무를 타고 올라갔거든요/ 점점 멀어져가던 달,/ 저편으로 사라진 장님 여자와/ 보이지 않는 소녀의 웃음소리 들렸잖아요/ 내 이불에서 마술처럼 여물지 않은 호두알 냄새 났잖아요/ 둥근 붕알을, 짙은 구름이 면도날처럼 가르던 밤
　　—「원을 자르는 달 여인」 부분

어느 날 바나나 껍질 벗기는데 가느다란 혀를 내민 뱀 한 마리가 실눈 뜨고 바라본다면// 어떻게 바나나 속으로 들어갔을까// (중략) // 바나나 껍질을 조심히 벗겼는데도 그 흔한 뱀 한 마리 발견되지 않는다면,/ 그것이 어떤 반응도 보이지 않는 당신 탓이라고 주장한다면
　　—「어느 날 바나나를*벗기는데」 부분

몽정(夢精)하는 소년의 꿈속으로 들어간 듯한 「원을 자르는 달 여인」에서 소년의 불알처럼 둥글게 부풀어오른 달은 흘러가는 짙은 구름에 의해 갈라지고 갈라진 틈으로 달빛의 화살을 쏟아낸다. 달빛 화살과 혼동되는 한 여인의 흰 손이 "꽃씨 주머니를 톡톡 터뜨리"면 "꽃들의 출산"이 시작되고, 소년의 불알을 건드리면 그것이 갈라져 거대한 호두나무가 솟아난다. 또 호두나무 높은 곳에 피어난 흰 꽃은 다시 호두나무 가지에 걸린 달과 혼동되고, '달—불알—호두—나무 위의 꽃—달'로 순환하는 이미지들의 비약 속에서 달은 무엇인가를 자르고 터뜨리고 가르는 방식으로 자극하면서 그 심연 속의 충만한 내밀함을 쏟아져나오게끔 그것으로 또다른 무엇인가를 탄생시키게끔 하고 다시 자신 안으로 되돌아온다.

출산을 이끄는 이 공격적인 애무의 핵심은 어떤 충만한 씨앗을 품고 있는 대상을 잘 골라내는 신중함에 있지 않다. 오히려 공격적인 애무가 성공적인가 그렇지 못한가에 따라 내밀함이 응축되어 씨앗이 생겨나기도 하며 그렇지 못하기도 하다(달 여인의 손길이 충분히 유혹적일 때 소년은 몽정에 이를 것이고—호두나무의 솟아남—그렇지 못할 때 달 여인의 꿈은 무의미한 횡설수설에 그치기도 할 것이다). 애무 자체가 대상을 더욱 내밀하게 하는 속성을 갖고 있다고 해야 할지도 모른다. 바나나 껍질을 벗겼을 때, 너무나 당연하게도 바나나 과육만이 얌전히 들어 있을 뿐이라면 그것은 껍질을 벗긴 당신의 탓이다. 당신의 손길에 무엇인가가 부족한 탓에, 본래 있던 것이 어떤 변신도 이루지 못하고 그 상태 그대로 남겨진 것이다. "어느 날 바나나 껍질 벗기는데 가느다란 혀를 내민 뱀 한 마리가 실눈 뜨고 바라본다면" 그것은 어느 틈엔가 뱀이 바나나 속으로 들어가는 마법을 부린 것이 아니고, 바나나 껍질을 벗기는 당신의 공격적인 애무가 성공적이었기 때문에 그 안에 신화적인 동물을 잉태시킨 것이다. 당신은 뱀을 잉태시킬 공격적인 애무를 배워야만 한다.

그것은 아마도「두 개의 꿈」의 뱀과 새색시 사이에서 벌어지는 일들과도 같은 종류의 것이리라.

어머니의 꿈속에서 나는 뱀이다. (중략) 어느 선 고운 새색시 치마 자락에 수놓아진 꽃을 핥다 그녀의 빈 꽃대 깊은 곳으로 냉큼 들어가 앉은 뱀이다. 나는 백칠 개의 그녀를 먹고 자란 백팔번째의 그녀다.
　　―「두 개의 꿈」 부분

뱀은 새색시의 치마 위에 수놓아진 꽃을 핥다가 그녀의 몸속으로 들어가버린다. 이 대목에서 어떤 성적인 장면들을 연상하는 것을 두려워할 필요는 없지만 이 성적인 결합 뒤에 오는 내밀함과 그 전도에도 충분한 주의를 기울여야 한다. 태몽을 재상연하는 이 시에서 어머니의 꿈속에서 뱀인 내가 어머니의 자궁으로 기어들어간다. 뱀은 자신에게 알맞는 구석을 잘 찾아들어갔고 그 구석은 이제 뱀을 보호하고 기를 것이다.

그렇게 해서 이 뱀은 현생에서 새색시의 딸로 태어날 것이다.
그러나 뱀은 아기집에 얌전히 담겨져 숙성을 기다리는 생명
의 질료가 아니다. 뱀은 새색시를 물어뜯고 삼켜서 동화시키
는 폭군이고, 인용하지 않은 곳에서 새색시는 도망치는 딸을
붙잡아 "태몽을 펼치고 다시 들어오라 손 흔드는 어머니"이고
추격자이며 포획자이다(다른 시 「천수관음(千手觀音)」에서도
시인이 "어머니의 어머니,/ 그 어머니의 어머니,/ 또 그 어머니
의 어머니의 까마득한 그 어머니가,/ 일제히 팔 벌리고 나를
붙들었다./ 경계 없고 한갓지다"고 썼을 때, 어머니에게 안기
는 일은 단지 편안하고 따뜻한 일만은 아니다. 천 개의 팔에
붙들리는 숨막히고 갑갑한 일이기도 하다).

　요점은 윤진화의 시에서 서로 찢고 할퀴는 다툼이 무언가
의 탄생을 예비한다는 것이다. 윤진화의 시에서 공격성과 내
밀함은 자주 혼동되고 상대방을 찢어발기는 일과 출산을 위
한 품음은 서로 결합한다. 이것이 화장하지 않는 여자의 시적
변증법이고 나르시시즘을 모르는 고통스런 존재생성이며 찢
고 물어뜯는 애무의 리듬이다. 「동충하초」만큼 이 점에서 선
명한 시는 드물다.

　　간밤
　　돌아가신 할머니가 나비가 되어
　　뒷마당에 알을 슬어놓고 가셨단다
　　깨어나 나비가 되려고 몸을 뒤척이는데

내 속으로 네가 조용히 들어오는 거야
(중략)
넌 (중략) 조금씩 조금씩
자라기 시작하더니
하얀 내 살을 찢고 나오는 거야
(중략)

번데기에서 벗어나듯 꿈에서 깨어났다
주위 사람들에게 물어보니 동충하초라더구나
겨우내 벌레로 있다가 여름에는 풀이 되는,
완벽한 변이!
이 엄마는 할머니처럼
네게 나비의 날개 따위를 물려주고 싶지 않았는데
내 슬픈 꿈이 참 좋은 꿈이었구나
생각만 해도 가슴 벅찬 꿈이었구나
―「동충하초」 부분

할머니는 죽어서 나비가 됐고 나비 알을 낳았다. 나비 알 속의 엄마는 알에서 깨어 나비가 되려는데 그보다 먼저 엄마의 나비 몸을 찢고 딸이 나온다. 이 그로테스크한 죽음과 삶의 변신술적 교차반복이 "참 좋은 꿈"이고 "가슴 벅찬 꿈"이다. 그럴 수밖에. 윤진화의 시에서 조화로움에 대한 낙관과 아름다움의 자기증식에 대한 의지는 관심 밖이기 때문이다("네게 나

비의 날개 따위를 물려주고 싶지 않았는데"). 새로운 존재를
출현시키는 저 고통스러운 침입과 찢기야말로 출산을 위한 윤
진화식 애무의 리듬이기 때문이다.

4. 궁극의 리듬을 위한 프렐류드

그것을 다시 궁극의 리듬에 맞춘 우주적 반죽이라고 부를
수도 있겠다. 궁극의 리듬은 남성적인 것과 여성적인 것을, 찢
고 파괴하는 것과 보호하고 쓰다듬는 것을, 파멸과 탄생을,
무덤과 자궁을 오간다. 그 안에서 무엇인가는 떨어져나가고
무엇인가는 결합하면서 어떤 형질 변환이 이루어지고, 이 리
듬 속에서 존재생성의 꿈이 지속된다. 대극(對極)의 것들의
불가능한 결합, 공격적인 애무, 사랑스러운 파괴를 꿈꾸는 윤
진화의 시가 시도하는 것이 저 궁극의 리듬이었던가. 「기차」
의 저 물결치는 머리카락이 만들어내는 어떤 흐름 안의 삼켜
지기와 빠져나오기와 같은 것들이 궁극의 리듬을 위한 전주
곡이지 않겠는가.

내 까만 머리카락을 타고 기차가 떠나요. 열이 오른 휘슬
주전자처럼 휘파람을 불며 달리는 기차. 지구에서 이름 없
는 별까지 달리는 기차. 사실, 목적지도 없어요. 이름 없는
별까지, 라고 아무렇게나 읊조린 걸 사과할게요.

편도뿐인 이 기차에 어떤 노인이 먼저 타고 있었죠. 텅텅 빈 열차, 좌석에 앉지 않고 좁은 통로에 서 있던 노인은 화석처럼 굳었죠. 하지만 그가 담배를 질겅 씹어댈 때마다 비싼 엽궐련 향이 나서 좋았어요. 그의 등에는 업을 이어 만든 통발이 업혀 있었어요.

그 안에는 꼬리를 퍼덕이는 인어 한 마리. 여편네라는 인어는 수천 년이나 늙지 않았대요, 사람을 홀리는 눈과 목소리를 내었죠. '다시는 내리지 못하리, 누구도 내리지 못하리, 귀를 막고 눈을 막고 입을 막고……'

나는 시집살이를 견디는 여자처럼 다른 곳에 시선을 주어야 했어요. 기차가 인동 넝쿨 꽃잎이 흐르는 곳에 닿았을 때, 인어의 노래가 창을 타고 뱀처럼 넘어갈 때, 차창 밖으로 보이는 나무, 소용돌이치는 물속으로 머리카락을 늘어뜨린 한 그루 물푸레나무.

노인은 그 나무를 '이그드라실'이라 했어요. 이그드라실, 이그드라실, 우주의 나무, 이그드라실…… 영겁을 벗은 나무의 속살은 모든 업의 끝이라 했죠. 노인이 굳은 다리를 움직였어요. 안쪽에서 잠긴 문을 열고 기차 밖으로 인어를 내던졌어요.

자장이 없는 시간을 휘젓는 인어의 노래가 고약하게 풍겼
어요. 나도 모르게 따라 부른 노래 '안녕? 안녕! 몇 번을 꿈
꾸어도 변하지 않을 사람. 이젠 안녕……' 내 다리에는 조금
씩 비늘이 돋아요. 빈 통발을 든 노인은 웃으며 다가서구요.

아무런 고통 없이 손에 넣은,
누구도 주체하지 못하는 낯선 시간을 달려가는 기차.
여기서 그만 내리고 싶어요. 하지만 안녕…… 짧은 기적
을 울리며,
잠시 안녕!
  ―「기차」 전문

물결치는 머리카락에서 연상되는 어떤 흐름은 시적 상상력
속에서 증폭되어 은하수와 같은 우주적 펼쳐짐까지 나아가
고 그 펼쳐짐 위에서 은하철도 증기기관차가 힘차게 달려나간
다. 이 광대한 펼쳐짐 안에는 다시 겹겹의 내밀함이 생겨나는
데, 은하수 머리카락의 흐름은 기차를 품고 있고 기차는 한
노인을 품고 있으며 다시 노인의 통발은 인어를 품고 있다. 겹
겹의 내밀함 속에서 "사람을 홀리는" 인어의 목소리가 익어간
다. 내밀함의 미궁에 갇힌 인어의 목소리는 노래가 되어 통발
과 기차의 벽을 넘어 "뱀처럼" 빠져나가고, 뱀과 같은 빠져나
감이 '식물화된 뱀'의 이미지, 즉 "소용돌이치는 물속으로 머

리카락을 늘어뜨린 한 그루 물푸레나무"를 끌고 들어온다. 나무는 한편으로는 대지를 파고들고 움켜쥐며 자신의 물질성을 풍요롭게 하지만 다른 한편으로는 대기를 파고들며 서서히 물질의 세계를 빠져나가 투명해진다(굵은 줄기로부터 잔가지로, 또 바람에 살랑거리는 잎사귀로 나아가는 나무의 상승하는 움직임은 결국 모든 물질적 제약으로부터 벗어난 공기에 가까워진다). 물푸레나무의 길고 가느다란 잔가지들은, 그렇게 해서 머리카락처럼 보이며(머리카락은 이 시를 출발시킨 우주적 펼쳐짐이기도 하다) 물속으로 용해되어 소용돌이친다. 통발과 기차를 한꺼번에 빠져나간 인어의 노래는 물푸레나무의 소용돌이를 만들고, 이 노래의 빠져나감과 물푸레나무의 용해에 호응하여 기차의 잠긴 문이 열리고 이번엔 인어 자신이 기차를 빠져나간다. 인어의 노래는 사람을 홀려 누구도 기차에서 내리지 못하게 하는 노래이면서 그 자신 기차를 빠져나가는 노래이다. 이번에는 이 모든 삼켜지기와 빠져나오기의 드라마를 가능하게 만든 머리카락의 소유자(인어의 노래를 듣는 화자)가 인어가 빠져나간 빈 통발 속으로 인어를 대신해 들어가며 그 자신이 인어가 된다. 그녀의 다리에 조금씩 비늘이 돋을 때, 그녀는 물고기의 육체 속에 갇히는 여자인가, 물고기의 머리 쪽으로 빠져나오는 여자인가. 인어의 노래는 빠져나가고 퍼져나가는 것인가 고여 있고 붙드는 것인가. 머리카락은 펼쳐지고 흐르게 하는 것인가 가두고 삼키는 것인가.

이 시에서 어떤 철학적 지혜나 아름다운 이미지, 공감할 만한 깊은 슬픔을 기대해서는 안 된다. 이 시가 우리에게 선물하는 것은 삼켜지기와 빠져나오기, 가둠과 펼쳐짐의 리듬이다. 이 리듬이 우리의 꿈을 자극할 때 우리의 꿈 또한 이 리듬에 따라 우주적 반죽을 시작한다. 주물러지는 반죽 속에서 다양한 원소들은 서로 부딪히고 찢고 지우며 새로운 존재들을 탄생시킨다. 시의 세계에서는 태초에 말씀도 빅뱅도 없고, 우주적 반죽이 있을 뿐이다.

윤진화 2005년 세계일보 신춘문예를 통해 등단했다.

문학동네시인선 012
우리의 야생 소녀
ⓒ 윤진화 2011

초판 인쇄 2011년 12월 10일
초판 발행 2011년 12월 15일

지은이 | 윤진화
펴낸이 | 강병선
책임편집 | 김민정
편집 | 정세랑 이수영
디자인 | 수류산방(樹流山房)
본문 디자인 | 유현아
마케팅 | 신정민 서유경 정소영 강병주
온라인 마케팅 | 이상혁 한민아 장선아
제작 | 안정숙 서동관 김애진
제작처 | 영신사

펴낸곳 | (주)문학동네
출판등록 | 1993년 10월 22일 제406-2003-000045호
주소 | 413-756 경기도 파주시 문발동 파주출판도시 513-8
전자우편 | editor@munhak.com
대표전화 | 031) 955-8888
팩스 | 031) 955-8855
문의전화 | 031) 955-8890(마케팅), 031) 955-2656(편집)
문학동네카페 | http://cafe.naver.com/mhdn

ISBN 978-89-546-1615-7 03810
값 | 8,000원

* 이 책의 판권은 지은이와 문학동네에 있습니다. 이 책 내용의 전부 또는 일부를 재사용
  하려면 반드시 양측의 서면 동의를 받아야 합니다.
* 이 도서의 국립중앙도서관 출판시도서목록(CIP)은 e-CIP 홈페이지(http://www.nl.go.
  kr/ecip)에서 이용하실 수 있습니다. (CIP 제어번호 : CIP 2011005341)
* 이 시집은 2007년도 한국문화예술위원회 문예진흥기금을 수혜하였습니다.
www.munhak.com

문학동네